드라마 작가 지망생의
드림스 컴 트루

망생일기

드라마 작가 지망생의
드림스 컴 트루

망생일기

글과 그림 수세미

더모던
Themodern

Contents

망생이 1년 차 망생이는 처음이라

보조작가라...
내가 잘
할수 있을까...

망생이 2년 차
괜찮아 망생이야

지금 꿈꾸고 있는 자,
망생이

세상 모든
지망생들을 응원합니다!

#. 5년 차 미생에서 망생이로

"나,
망생이가 될 거야!"

이번엔 어떤 표정을 지어 보일까?

잘 다니던 회사를 그만두고 작가 지망생이 되겠다고, 내 꿈은 드라마 작가라고 고백했을 때 상대가 보이는 반응은 딱 세 가지다. 당황하거나, 비웃거나, 무관심하거나.

오늘은 육아휴직 중인 회사 언니들에게 고백했고, 반응은 '무관심'으로 당첨. "아, 그래? 열심히 해봐." 영혼이 1그램도 들어 있지 않은 대답을 끝으로 대화 주제는 다시 아기 이유식 만들기로 바뀌었다.

아마도 내가 진지하게 꺼낸 말이 아니거나 퇴사하고 싶은 마음에 한번 해본 넋두리라고 여기는 것 같았다. 그래도 비웃음이 아니라 다행이라고 생각하며 이유식을 만들어줄 아기가 없는 나는 조용히 쓰디쓴 아메리카노만 들이켰다.

망생이는 지망생(志望生)에서 뜻 지(志) 자를 빼고 바랄 망(望), 날 생(生) 자만 붙여 부르는 줄임말이다. 주로 작가 지망생들이 서로를 부를 때 쓰는 명칭이지만, 꿈을 향해 도전 중인 모든 지망생을 가리키는 말이 될 수 있다. 예를 들어 '3년 차 배우 망생이입니다'라던가, '5년 차 망생이, 공무원 시험 그만 포기할까요?' 같은 식으로 말이다.

어느 추웠던 겨울, 야근 중에 문득, 내가 지금 인간이 되려고 동굴에 갇혀 쑥과 마늘만 먹으며 버티고 있는 호랑이가 아닌가 하는 엉뚱한 생각에 빠진 적이 있다. 별로 좋아하는 일도, 꿈꾸던 회사도 아니었다. 그저 돈을 벌기 위해 다니고 있을 뿐. 일은 어렵지 않았지만 마음은 늘 어려웠고, 월급은 통장을 채워주었지만 다양한 삶의 경험과 미래에 대한 희망까지 채워주진 못했다. 서른은 어느덧 코앞에 다가와 있었고, 나의 20대는 아무런 추억 없이 사라져버릴 것이 자명했다.

그 순간 깨달았다. 아! 나는 동굴 안에서 버티고 버텨 끝내 인간이 되고 싶은 호랑이가 아니구나! 나는 세상을 탐험하고 새로운 일에 도전하는 야생 호랑이가 되고 싶었던 거였구나! 그길로 나는 사직서를 제출하고 동굴, 아니 회사에서 빠져나왔다.

바둑 기사를 꿈꾸던 장그래는 회사에 입사하며 '미생'이 됐고, 5년 차 미생이었던 나는 그렇게 드라마 작가를 꿈꾸며 '망생'이 됐다. 그리고 곧바로 차가운 현실을 마주했다. 동굴 밖의 겨울은 한없이 추웠고 위험했으며, 망생이 탈출의 길은 험난하다 못해 거의 불가능해 보였다. 드라마 작가로의 데뷔 길은 바늘구멍보다 좁아서 10년 차 이상의 망생이들도 흔했다.

각 방송국의 드라마 극본 공모전에 평균 미니 시리즈 5백 편 이상, 단막극 2천 편 이상의 작품이 몰린다고 한다. 그중 당선자는 많아야 5명 내외다. 국민 프로듀서들이 뽑는 서바이벌 프로그램도 101명 중에 11명은 뽑

아주는데, 2천 편 중에 대여섯 편뿐이라니. 그래도 실력만 있으면 당선되지 않을까? 물론 그럴 수 있다. 하지만 기대는 말아야 한다.

당연히 실력이 최우선이겠지만 심사 위원의 취향과 방송사가 원하는 방향에 따라 1차에서 떨어질 수도 있고, 운 좋게 최종 심사에 올라 당선의 문턱까지 가고서도 마지막에 어떤 불운한 이유로 탈락할 수 있으니까 말이다.

실력과 천운이 맞아떨어져 공모전에 당선됐더라도 드라마 작가로 입봉을 할 수 있느냐는 또 다른 문제다. 드라마 세계에는 이미 기라성 같은 기성작가들이 버티고 있고, 미니시리즈 한 편당 최소 60억 이상의 돈이 움직이는 판을 신인 작가에게 쿨하게 맡길 만큼 방송국은 호락호락하지 않기 때문이다.

그러니까 잘 다니던 회사를 때려치우고 '망생이'가 된다는 것은 한마디로 멍청한 짓처럼 보일 수 있다.

누군가는 우스갯소리로 망한 인생의 줄임말을 망생이라 부른다고 하는데 차마 그 말에 반박할 수 없었다. 언젠가 지금의 이 선택을 통렬하게 후회하며 "이번 생은 망했어!"라고 소리 지를 순간이 오지 않으리라는 법은 없으니까.

그럼에도 불구하고, 나는 기꺼이 망생이가 되었다. 비록 앞날은 캄캄하고, 가고자 하는 세계는 너무 멀어 닿을 수 없어 보일지라도 꿈이 있기에 매일매일이 설레고 목표가 있기에 오늘도 힘을 낼 수 있다.

그렇게 나는 지금 쑥과 마늘 대신 새로운 요리들을 먹어보고, 매일 치열하게 부딪히고 넘어졌다가 다시 일어나면서, 동굴 밖을 빠져나와 힘들지만 행복한 야생 호랑이로 성장하는 중이다.

지금 나는 꿈꾸는 자, 망생이.

물론 힘들고 지치며 어려운 일이 많을 것이다. 상처도 받을 것이다. 그래도 나는 꿈을 꾼다. 언젠가 TV를 통해 내가 쓴 드라마를 보는 날이 올 거라 믿으면서.

이 세상 모든 망생이들에게 말해주고 싶다. 꿈을 향해 노력하는 한 그 자체로 당신은 충분히 응원받아 마땅하다고, 망생이여도 괜찮다고, 아직 이번 생은 망하지 않았다고.

우리는 우리 인생을 멋지게 만들 충분한 힘을 가지고 있다고.

오늘도 단전에 힘을 빡! 주고 크게 외쳐본다.

드림스 컴 트루! 이루어지리라!

— 세상 모든 망생이들을 응원하며

작업실에서, 수세미

망생이 0년 차

미생 말고 망생

안전한 인생

8시 반에 출근해서

5시 반에 퇴근한다.

매일 야근을 하고

사람의 배터리가 다 됐나 봐요...

종종 회식을 하고

동료들과 상사의 험담도 하고

너무 가벼워서 날아다니는 월급통장

연봉협상과 연말정산에 희망을 품었다가 좌절을 하고

월급은 통장을 스쳐 지나갔지만 다음 달 같은 날 어김없이 입금됐다.

뭐... 인생이 다 그렇지. 하고 싶은 대로만 하고 살 순 없잖아.

나는 그게 안전한 인생이라고 생각했다.

회사 밖에 있는 꿈

같이 입사했던 동기 언니들이 하나둘 결혼을 하고 출산을 하면서 회사를 떠났다.

잘 가요~ 행복하세요!!

안녕~ 우린 떠난다~

그러는 사이 나는 연봉도 오르고 직급도 오르고 일도 수월해졌다.

대신 우리가 왔다.

일

얘는 쥐 꼬리

연봉

이대로라면 무난한 인생이겠지...

그런 생각을 하다가 문득 20년 뒤 회사에서의 내 모습을 상상해봤다.

그때까지 회사에 남아 있을 수 있을까?

난 뭐가 되고 싶은 거지? 과장? 부장?

20년 뒤면 50살인데...

일은 최대한 오래하고 싶어. 내 삶은 내가 책임지며 살고 싶으니까. 그런데 회사 안에서 내 목표는 뭐지? 난 무엇을 하고 싶은 거지?

곰곰이 떠올려봤지만

꿈과 목표가 없다.
이곳에서는.

미래가
그려지지 않네.

내가 하고 싶은 건 회사 밖에 있었다.

아무리 생각해봐도 난..
글을 쓰는 사람이 되고 싶어.

만일 정말로 새로운 꿈에 도전하려면
지금이 아니면 안 될 것 같았다.

하지만
...그래도 될까?

회사 밖에 나가서도
내가 살아남을 수 있을까?

작가는 아무나 하나

이름 : 수세미 (여, 29세)
평범하기 짝이 없는 5년 차 직장인

생각하면
할수록...

아이고~
아가씨 정신 차리세요~

드라마 작가는
아무나 되나?

피식

나는
아무나
였다.

맞는
말이잖아..

국문학과나
문예 창작과 같은
관련 학과를 전공한
것도 아니고

방송 관련 경력도
전혀 없다.

대본이라는 건
본 적도
써본 적도 없다.

나도 알고 있다.
내가 꾸는 꿈은 너무 크고 멀리 있다.

넌 안 돼~
네까짓 게 뭔데
작가가 되니?

포기해~
포기하면 편해~

맞아.
나 같은 게
드라마 작가가
될 수 있을 리 없지.
일이나 하자.

이대로 괜찮은 걸까?

대리로 승진한지도
몇 달 안 됐다.

기껏 승진시켜
놨더니 퇴사.ㅋ

무책임하다
무책임해

사원증

대리
수세미

나이도 벌써 스물아홉.
곧 서른인데 이제 와 다른 일을
시작할 수 있을까?

서른 되면
마흔 금방이다ㅋ

29

30

대리님...
신규 발주서 처리 어떻게
해야 하는지 잘 모르겠어요

그래~
할 수 있는 걸
해야지!!

무엇보다...

일단 여기 이 부분에
샘플 첨부해주고 수량만 체크해서
보내준 뒤에 전화로 확인해주세요

감사해요
대리님♡

청춘의
덫

하고 싶은 일을 하느냐, 할 수 있는 일을 하느냐.

청춘에게 이 '딜레마'는 햄릿의 죽느냐 사느냐 하는 문제보다 복잡할지도 모른다. 하고 싶은 일을 하자니 실패할까 두렵고, 할 수 있는 일을 하자니 인생이 너무 노잼이라 곤란하다. 도대체 어떻게 해야 할까? 살면서 우리는 인생의 중요한 길목마다 갈림길을 마주치곤 한다. 그 순간 어떤 선택을 해야 좋을지 머리 터지게 고민해서 결정해도 후회란 놈은 어김없이 불쑥 얼굴을 내밀어 마음을 괴롭힌다. 이 딜레마란 녀석! 정말 고통스럽다.

하지만 드라마에서 남녀 주인공에게 꼭 필요한 것이 딜레마다. 주인공들은 딜레마를 겪으며 괴로워하고, 다투고, 분노하고, 부딪히고, 깨지고, 넘어진다. 자신이 한 선택과 하지 못한 선택 사이에서 좌절하기도 하고 통렬히 후회하며 눈물을 쏟기도 한다. 그리고 성장한다. 실패에서 배운 경험과 상처를 딛고 다시 일어난 용기로 어른이 된다. 그렇게 강해진 마음은 해피엔딩을 향해 걸어갈 힘이 되어준다.

그러니 이 괴로운 선택의 순간을 너무 미워하지 말자.

청춘의 덫 같은 이 딜레마를 이겨내고 나면 어제보다 조금 더 나은 내가 되어, 어떤 재미있고 아름다운 일들을 향해 달려갈 수 있을지 모르니까.

* dilemma 두 개의 판단 사이에서 어느 쪽도 결정할 수 없는 진퇴양난 상태에 빠지는 것.

불초걱 VS. 꿈

서두르지 않으면 드라마 시간 놓치겠다...

어제 그 드라마 봤어?

요즘 그거 보는 낙으로 일주일 버티잖아~ 완전 설레고 두근거려!

나는 주인공 상황이 너무 공감 돼서 엄청 울었잖아. 내 얘기 같아서..

대박 꿀잼♡

호호호

하하하

뭔가 즐거워 보이네...

밍?

완전 몰입

으아아!! 너무 재밌어!!

아이!

재밌는 드라마를 볼 때면 괜히 행복해진다.

이상과 현실 사이

절친한 친구들에게 조언을 구해보기로 했다.

뭐? 드라마 작가 지망생이 되겠다고?!

회사도 그만두고? 그건 어떻게 되는 건데? 공무원처럼 시험 보면 되는 거야?

방송국 공모전에 당선돼야 하는 거 아닐까? 근데 그럼 당선되기 전까진 그냥 백수인 거잖아?

응?

공모전? 그거 경쟁률이 얼마나 되나? 공시 정도 되려나?

그보다 공모전에 내려면 대본이 있어야 하잖아? 너 대본 써본 적 있어? 그런 거 배워본 적은 있어?

그... 글쎄...

..대학 다닐 때 교양수업 과제로 딱 한 번 써봤어...

역시... 헛된 꿈일까?

이 나이에 회사까지 그만두고 무작정 도전하는 건 너무 무모한 짓인가?

그래서 뭐?!
반대야 찬성이야?!

으음...

난 솔직히 반대야.
너네 회사 정도면 꽤 건실하고 안정적이고,
월급도 따박따박 나오는데 그만두기 아까운 듯.
그냥 회사 다니면서 하면 안 돼?

다니면서?

나 맨날 야근하잖아.
글 쓸 시간이 없는데 어떻게
다니면서 준비를 해...

나도 절대 반대야!
회사 그만두면 죽도 밥도 안 된다니까?
잠을 줄이더라도 회사 다니면서 준비하면 좋겠어.
당장 카드비며 생활비며 다 어쩔 건데?
너 모아둔 돈 많아?

단호박

끄덕 끄덕

아...
그 사실을 잊고 있었다.

...돈?

꿈을 꾸는데도
돈이 필요하다는 것을...

어서와, IMF는 처음이지?

우리 집은 망했다.

드라마에서만 보던 빨간 딱지가 우리 집에 붙다니! 대박! 우리 집 진짜 망했구나!

헐

IMF 때 이미 망했지만

안녕? IMF는 처음이지?

오지 마 오지 마아!!

가 제발 다시 가라고!!

서서히 기울어 가던 가세는

내가 대학을 졸업함과 동시에 말 그대로 집도 절도 없이 길거리에 나앉을 정도로 폭삭 망해버렸다.

집이 저렇게 많은데 우리 가족 몸 누일 곳 하나가 없다니.

한여름에 에어컨도 없는 방 한 칸에서 엄마와 네 자매가 붙어 잤다.

더워 죽겠는데 옴짝달싹할 수가 없어!

힘들고 막막했던 나날...
그런데도 참 신기하게 우리는
자주 웃었다.

TV를 보면서
드라마를 보면서

나한테 드라마는 그런 것이다.
가장 힘든 순간에도 가족을 웃게 해주고
일주일을 설레게 해주는 재밌는 친구.

나도 많은 사람들에게 그런
친구가 되어주고 싶다고.

하지만 그 당시 우리 가족에게 필요한 건 꿈이 아니라 돈이어서 난 곧바로 취직을 했다.

돈!! 돈이 필요해! 돈을 벌자! 돈! 돈! 돈!!

직장인 첫째 '수세미'

꿀

처음엔 집에서 제대로 돈을 버는 사람이 나뿐이었는데

시간이 가면서 학생이었던 동생들이 하나둘 졸업해 돈을 벌기 시작했다.

편집디자이너 둘째 '수정미'

제빵사 셋째 '수미미'

식당 알바 엄마

스냅작가 막내 '수주미'

평생을 전업주부로 살아왔던 엄마도 한 푼이라도 벌겠다며 동네 식당으로 아르바이트를 나가기 시작했는데

아 거참! 대충대충 빨리 좀 해!

설거지옥

...

엄마~왔어? 피곤하지~

하루는 일을 마치고 들어오자마자 갑자기 엉엉 울기 시작했다.

어...엄마...!! 왜 그래...!!

으어어 어어엉

이야기를 들어보니
점심시간이 지나도록 밥 먹으란 말이 없어서
식당 주인에게 점심을 먹어도 되겠냐 했더니

자, 이거나 먹어.

?

자기는 이미 밥 시켜먹음

손님이 먹다 남기고 간 찬밥과 찌개를
먹으라고 했다는 것이다.

· · ·

버리면 다 쓰레기잖아 먹어 치워

찌꺼기와 국물만 남은 찌개

누가봐도 남긴밥

너무하지 않니?

이런 미친!

엄마..!! 그 식당 주인 이름 뭐야!!

나빵덕(가명) 왜?

왜긴 왜야!
나중에 내가 드라마 작가 돼서
싸이코패스 악역 이름으로 써서
처철하게 응징해줄 거야!!
내 모든 드라마의 싸이코 이름은
나빵덕이다! 부숴버릴거야!!

마음의 소리ㅠㅠ

그따위 식당 그만둬! 그만둬! 내가 투잡 뛸게!!

ㅋㅋㅋ됐어. 내일부터 도시락 가지고 다닐 거야.

아! 그만둬어!!

모두가 각자의 위치에서
하루하루를 정말 열심히 살았다.

그리고 몇 년 뒤 드디어 우리 가족에게
작은 전셋집이 생겼다.

그렇게 지낸 5년

회사
그만두러 갑니다.

헐...
나 이제
회사 안 감

가족에게 꿈밍아웃하기

며칠 뒤

엄마...
나 회사 그만둘까
하는데...

응?

머뭇 머뭇

갑자기?
잘 다니던 회사를
왜 그만둬?

회사에서
뭔 일 있었어?

어? 아니...
그게 아니구...

?

나... 해보고 싶은
일이 있어서...

해보고 싶은 일?
그게 뭔데?

머뭇 머뭇 머뭇

그...그게 뭐...냐...면...

?

아무나 하나?

망생이? 피식 ㅋㅋ

돈있어?

...

말하지 말까... 지금이라도 그냥 접을까?

급격히 쪼그라드는 중입니다.

뭔데 그래? 말해봐.

말이 안 나와...

쭈굴 쭈굴

(소심) 그러니까 그게... 나...드라마를 써보고 싶어서... 작가에 도전해보려고... 드라마...작가...

잉?? 드라마 작가??

머뭣 머뭣 ???

...

헉!
엄마 표정이..
어떡하지!
대답이 없잖아!
역시 말하지
말걸!!

하하
하하하!

말도 안 되지?
그냥 한번 해본 말이야.

헐...대박.

콜.
당장 때려쳐!

엥?! 진짜?!

근데...
회사 그만두면
생활비 부족해질 거
같은데 어쩌지?

그리고...
작가가 꼭 된다는
보장도 없어.

열심히는
할 거지만...

응?

엄만
왠지 네가
드라마 작가
될 수 있을 거
같은데?

내가?
어딜 봐서...?

그리고 될지 안 될지는 일단 해봐야 아는 거잖아?!

후회 없이 도전해봐야 나중에 미련도 없을 거고.

그래서 엄마는 도전해보는 거 완전 찬성!

응원보다 어쩌면 더 기다렸던 말.
되면 좋고, 안 돼도 괜찮다는 말.

쿨한 엄마의 응원 덕분에 안심하고 회사를 그만두기로 결정했다.

어떡해~
진짜 작가 되면 대박이겠다!
우리 딸이 드라마 작가라니!
벌써 궁금해!
빨리 보고 싶다!

오케이
나 진짜 열심히 할게
나 꼭 작가 될게!

의지가
불타오른
다!

설레발 오바육바

퇴사하러 갑니다

결전의 그날이 왔다.

○○교육

음...퇴사사유라...
뭐라고 하지?
진로 변경? 공부?
자기 개발?

사직서

퇴사사유

내가 사직서를
다 써보다니...

진짜?
정말이야?

어머
어떡해...

웅성웅성

그냥
소문 아니야?

웅성웅성

말도 안 돼~

아무것도
안들림

(왠지 엄청 떨림)
차장님...
드릴 말씀이 있는데요.

아!

나도
할 말이
있어요.

네?

앗, 다행이다

벌써 새벽 3시가
넘었는데 잠이 안 오네...
일찍 출근해야 하는데...

걱정
근심
번뇌

작년부터 저축하기 시작한 적금이 XXX만 원...
만기까지 몇 달 남았고...
퇴직금은 한 1XXX만 원 정도는 들어오려나? 그 정도도 안 될까?
아! 여행 가려고 조금씩 모아놨던 비상금 XX만 원 있다!
그럼 다 합치면 대충...1년은 버틸 수 있으려나?
보자...한 달에 들어가는 비용이...
집에 드린 생활비 카드에서 XX만 원씩 나가고
차비랑 통신비, 개인지출 XX만 원에
인터넷비, TV 케이블비, 정기후원,
집 공과금, 경조사비가 XX만 원...
회사 그만두면 의료보험이랑
국민연금도 내가 다 내야겠지?
회사에서 반반 내줄
때가 좋긴 했는데...
...아...음...어...

자, 잠깐!
나 회사 그만둬도
괜찮은 거 맞나?!

아 악ㄱ!

...하고 몇 날 며칠 잠 못 이루게 했던
내 걱정 근심 번뇌 무엇?!

회사에서 우리 팀을
정리하기로 결정했습니다.

뭐야?
나 짤리는
거야?

내가 먼저
관두려고
했는데??!!

분하다!

이것들이!
날 먼저 짤러?!

우씨!
하루만 더 빨리
말할걸!!

50

망생이 0년 차

앞으로 여러분께
우선적으로 외주를 드릴 수 있고
실업 급여와 구직활동을 위한
세 달 치 월급을 지급
어쩌고저쩌고...

응?

실업 급여!

프리랜서!

세 달 치 월급!

어머!
이건
대박이야!

다행이다~
하루빨리 말했으면
큰일날 뻔했네~

결정 못해서
퇴사 미룬 과거의 나
아주 칭찬해~

혼자 딴세상

인생은 정말
어디로 어떻게
흘러갈지
모르는 거구나

잘됐다
히힛~.

이렇게 오늘 난,
5년 동안 몸담았던 회사를
짤렸 그만두고 나왔다.

얼마 뒤
퇴직금이 들어왔다.

따링
OO교육
1,234,567원

따링
XX보험
1,234,567원

따링
△△은행
1,234,567원

◇◇연금
1,234,567원

따링

오...퇴직금은
여러 군데에서
나눠서 들어오는구나...

생각보다
금액이 꽤 되네...
5년 동안 꾹 참고 다닌
보람이 있네 ㅎㅎ

이 돈으로
뭘 할까?

퇴직금은 온전히
나만을 위해 써볼까 한다.

새 컴퓨터부터
장만할까?

여행을
가볼까?

저축?
적금통장을
만들까?

작업실을
구해볼까?

하늘에
떠있는 기분

번쩍!

작업실?!

나만의
시크릿 가든

13살 이후 혼자만의 독립된 공간을 가져본 적이 없었다. 식구가 많아 동생과 방을 같이 써야 했고, 대학에 가서는 3인 1실의 기숙사에서 살았다. 집에는 언제나 가족들이 있고, 학교에는 친구들이, 직장에는 동료들이 있었다. 혼자만의 시간을 가지고 싶어도 어디를 가나 사람들이 북적거렸다.

이런 고민을 털어놓으면 지인들은 외롭지 않아서 좋겠다고 말했지만, 사실 완벽한 내향인인 내게는 차라리 외롭고 싶은 순간들이 간절히 필요했다. 아무도 없는 곳에서 가만히 내 마음을 들여다보고 싶었다. 누구에게도 휘둘리지 않고, 눈치 볼 필요도 없는, 그냥 나 자체로 편히 있을 수 있는 공간이 절실했다.

아주 작고 볼품없어도 좋으니 내가 고른 물건들로 꾸미고, 다른 사람의 흔적은 전혀 남아 있지 않은, 온전히 나로만 이루어진 공간이면 충분하다. 그곳에선 부모님의 자랑이 되고픈 첫째 딸로, 클라이언트의 눈치를 살피는 을로, 사회에 뒤처지지 않으려 애쓰는 나로 있을 필요가 없다. 드라마를 쓸 컴퓨터와 커피를 끓일 전기포트, 책상 하나, 의자 하나, 그리고 '그대로의 나'만 있으면 된다. 그것이 내가 꿈꾸는 시크릿 가든, 나의 작업실이다.

내 인생의 2막을 위하여

나의 20대를 돌아보면

치카
치카

대학생 때...

장학금을 타기 위한
몇 날 며칠 밤샘과제

생활비는 알바와
작은 공모전 상금으로

기숙사

대학
기숙사
생활

정신을 차려보니
금세 졸업이었다.

밤샘과제...
빡센 학점...
비싼 학비...
더러웠다.

다신
만나지
말자.

그리고 졸업과 동시에 취직.
우리 회사는 휴일수당이 나와서
일부러 주말에 나와 일을 했다.
조금이라도 더 돈을 벌고 싶어서...

아무도 없는
사무실 꿀이네~

그렇게 장학금과 월급을 버는데
내 20대 전부를 바쳤다.

우글
우글

억울하다거나
슬픈 건 아니다.

음!
역시!
작업실이
좋겠다!

다만 이제는
온전히 '나'에게만
집중하고 싶다.

내 인생의 2막을
시작하기 위해서!

좋아!
퇴직금으로
작업실을
구해보자!

열심히
회사 다닌
보람이 있었어
(뭉클)

그 돈으로...

...

soosémi_diary
dreams come true
망생일기

나의 첫 작업실

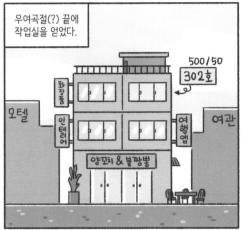

우여곡절(?) 끝에 작업실을 얻었다.

500/50
302호
모텔
여관
환경줌
인테리어
여행업
양꼬치 & 불짱뽕

모텔과 여관 사이에 낀 상가건물 3층

칭칭칭 칭칭~ 어쩌구 저쩌구 끼라~끼라빵 (굿판)

내게 강같은 평화 내게 강같은 평화♪

작업실 앞에는 웬 점집(?)이 있어서 툭하면 굿하는 소리도 들려왔지만

창이 커서 햇볕이 따뜻하게 들어오고

여유롭게 혼자서 커피를 마실 수 있고

하루 종일 아무 말도 안 해도 되고

누구의 눈치도
볼 필요가 없는

이곳은 온전히
나만의 공간이다.

너무
좋아!!
행복해!!

왠지
좋은 일이
생길 것만 같은
기분이야!

혼자 있을 때
에너지가 충전되는
파워 내향형인간입니다.

고양이가 있어서 다행이야

나는 고양이 두마리를
모시고 사는 집사다.

애옹~

애옹~

집에서 임시로 지내던
냥이들을 작업실로
데리고왔다.

나와봐~
이제 여기서 지내면서
엄마랑 하루 종일 있을 거야~
신나지??

여기가
어디냐옹~

나가기
싫다냥~

봐봐~
너네 화장실도
가져왔어~

이름 : 하루 (수컷)
나이 : 5세
특징 : 하리의 아들
(노르웨이숲+코숏)
깨방정인 동시에
은근히 쫄보.

왠지
무섭다냥
안 나갈래냥

이름 : 하리 (암컷)
나이 : 9세
특징 : 하루의 엄마
(노르웨이숲)
전전 주인의 집에서 살 때
가출했다가 하루를 낳음.

난 여기가
맘에 든다옹~

하리와 하루는 내게 입양되기 전
주인이 여럿 바뀐 경험이 있었다.

전전 주인은 하리가 가출 후 임신을 해와 새끼를
여러 마리 낳자 감당이 안 돼 방치를 했다고 한다.

결국 전부 입양을 보내기로 했는데,
하리처럼 장모로 태어난 아기들은 쉽게 입양이 됐지만
홀로 단모로 태어난 하루와 이미 다 큰 성묘 하리는
마지막까지 입양이 되지 않았다고 했다.

다행히 하리와 하루는 마지막에 한집에 입양이 됐고
그게 전 주인인 셋째 동생의 전 남친, 현 제부다.

제부는 방치됐었던 하리와 하루를 열심히 케어했고

하리와 하루는 건강하게 무럭무럭 자랐다.

하지만
갑작스레 외국에 나가게 된 제부는
사정상 고양이를 데려갈 수가 없었고
눈물을 머금고 새로운 입양처를 찾던 중...

결혼 전
셋째 동생 →

이래이래서 어쩔 수 없이
입양을 보내야 하는데 어쩌지..
나랑 엄마 알러지때문에
우리 집에서 키울 수도 없고...

음...
어쩌지..?

모르는 사람에게
보내는 것도 싫은데...

일단은 잠깐 집에서
데리고 있다가

회사 그만두고
작업실 생기면 거기서
같이 지내면 되겠네!!

내가
키울게

이렇게 돌아돌아 내게 오게 된 것이다.

처음 본 하리하루는
나의 상상 속 고양이와

4살이랬으니까
작고 동그랗고 부드러운
아기고양이려나♡

당시
고양이
무식자

...많이 달랐다.
생각보다 엄청 컸기 때문이다.

두둥~

하리와 하루
특징 : 덩치 큼

치와 정도
크기일 줄 알았음

헉!!
고, 고양이 맞아?
표범 아니야?
원래 이렇게 커?!

몸이 긴 거지
비만은 아니야~

그..
그래?!

집사와 주인의 동상이몽

하리는 이제
12살이 됐다.

슬슬 노령묘로
접어드는 나이가
된 것이다.

애옹~

하리야.

밖에 보는 거
재밌어?

내 눈엔 아기 같은데...
벌써 10살이라니...

울컥

애옹~

우린 왜 이제야 만난 걸까...
그동안 어디 있다
이제야 나에게 온 것이야...
늙지 마 하리야...

크흡

애옹~

건강하게
오래오래
같이 살자♡

64

새 집사는 이제 30살이 됐다옹.

글이 너무 안 써져~

슬슬 제구실을 해야 할 나이가 된 것이라옹.

왜 또 부르나옹

애옹~

하리야.

근데 잘 다니던 회사 때려치우고 자발적 백수가 됐다옹. 월세 내가며 작업실도 얻었다옹. 아직 철이 없는 거 같다옹.

밖에 보는 거 재밌어?

애옹~

할 거 없어 보는 거지 재미는... 관심 끄고 글이나 좀 열심히 써보라옹.

요즘 들어 이상행동을 자주 보인다옹.

크흡

끄이이익~

왜 나만 보면 저런 요상한 표정을 짓는 건지...

에휴~ 걱정이다옹~

애옹~

고양이와 집사의 동상이몽

꽃보다
야옹

처음 만났을 때가 또렷이 기억난다. 나는 단 한 번도 반려동물을 키워본적 없는 무지렁이였고, 눈치 빠른 고양이 하리와 하루도 단번에 그걸 알아챈 것 같았다. 하리와 하루는 내게 온 첫날 케이지에서 몇 시간을 나오지 않았다. 특히 하루는 삶만 한 덩치에 안 맞게 내내 하리 뒤에 숨어 있기까지 했다. 전날 미리 준비해둔 화장실과 사료가 든 밥그릇, 스크래쳐는 쳐다보지도 않았다. 슬슬 걱정이 된 나는 사료를 손에 들고 조심스레 케이지 안에 넣었는데 하리 뒤에 숨어 있던 하루가 얼굴을 쏙 내밀고 손 위에 올려둔 사료를 먹는 게 아닌가? 요 녀석 배가 고프긴 고팠나보다.

그날 밤. 고양이들을 작업실에 두고 혼자서 집으로 퇴근한 나는 밤새 한잠도 못 잤다. 머릿속이 온갖 안 좋은 생각들로 가득 찼다. '고양이들이 유리컵을 깨서 다치면 어떻게 하지? 책장에 올라갔다가 책장과 함께 넘어져서 깔렸으면 어떻게 하지? 물그릇에 물이 부족해서 탈진이 오면 어떡하지? 밤새 케이지에서 안 나와서 배고파 쓰러져 있으면 어떡하지? 설마 창문을 열고 탈출한 건 아니겠지? 전기코드에 감전됐으면 어쩌지? 작업실에 도둑이 들어서 고양이들을 해쳤으면 어떡하지?' 고양이를 무슨 시한폭탄

쯤으로 생각했던 내게 그날 밤은 악몽같이 길고 두려웠다.

다음 날 날이 밝자마자 헐레벌떡 달려간 작업실은…… 세상에나! 어제와 똑같았다. 유리컵은 멀쩡했고 책장도 그대로. 고양이들은 내가 없는 사이 밥도 잘 먹고 똥도 잘 싸고 물도 잘 먹었다. 물과 사료도 부족하지 않았는지 반 이상이나 남아 있었다. 당연히 창문도 굳게 닫혀 있었고 도둑의 흔적도 없었다. 심지어 밤새 새로운 집이 익숙해졌는지 여기저기를 탐색하며 아무 데나 널브러져 잠을 자기도 했다. 순간 내가 얼마나 쓸데없는 걱정으로 에너지를 낭비하는 사람인지 깨달았다. 그리고 고양이가 얼마나 조심스럽고 똑똑한 생명체인지도. 만난 지 이틀째에 큰 깨달음을 둘이나 안겨준 대단한 고양이들 같으니라고!

이후 고양이들이 선물해준 이 깨달음은 내 일상을 바꿔놓았다. 지금은 미리 걱정하지 않는다. 내 상상 속 끔찍한 일들 대부분은 일어나지 않는다는 걸 하리와 하루가 가르쳐준 셈이다. 덕분에 나는 그전보다 행복하고, 평화롭다. 지금 내 바람은 딱 하나. 사랑하는 내 고양이 하리와 하루도 함께하는 동안 그전보다 행복하고 평화롭기를. 어제보다 오늘 더 행복하기를. 그렇게 오래오래 건강하게 함께해주기를

고양이를 키우기 전에는

망생이 0년 차

이것은 비밀 연애?

우리 '하루'는 질투의 화신이다.

하리에게 궁디팡팡을 해주거나
쓰다듬고 예뻐하는 꼴을 못 본다.

봤다 하면 바로 싸움이 난다.
(*하루는 하리의 아들입니다)

이놈아! 니 엄마다!!
파국이야!! 파국!!

하리는 하루보다 덩치도 더 작은데다
나이도 많고, 암컷이라 힘에서 밀리지만

네가 지금 나를
물었다 이거냥?

성격이 만만치 않게 까칠하고
절대 져주지 않기 때문에

결국 꼬리를 내리는 건 하루다.

엄청 앙칼지게 소리지르면서
솜방맹이 참교육하는 엄마

날이 갈수록 질투가 심해지는 하루 때문에
요즘은 서로 보이지 않는 곳으로 가서
번갈아가며 이뻐해 주고 있는데

이것은 흡사
비밀 연애?!

매번 귀신같이 알고
나타나 들키고 만다.

질투나지 않게 더 많이 사랑해줄게
싸우지 말고 사이좋게 행복하게 지내자!

냥이 목소리

고양이는 참 조용한 생명체다.

ㅋㅋㅋ

키보드를 깔고 자고 있어서 작업을 못하지만 깨울 수 없다. 너무 귀여우니까!

말을 듣고, 말을 하고... 그런 활동들에 에너지 소모를 크게 느끼는 내향인인 나에게

즐거운데 방전 중...

행복한데 개피곤

우리 냥이들이 보고싶다...

고양이들과 함께 있는 조용한 시간은 엄청난 힐링과 충전의 시간이다.

그렇지만 가끔은 우리 냥이들의 목소리가 듣고 싶은 날이 있는데 좀처럼 듣기가 힘들기 때문에

야옹~ 야옹~

묵묵부답

...

나만의 방법을 발견해냈다! 이름하야 '화장실 숨바꼭질 방법'!

작업실 화장실에 숨어서 '꼭꼭 숨어라~'
'하루~엄마 여기 숨었다~' 하고 부르면

우리 하루
엄마 찾아봐요~
어딨을까아?

우리 하루가 문 앞으로 달려와서

문 열어라~
안에서 뭐 하냐~

나와라~
나도 들어갈래~

야옹~

야옹~

엄청난 수다쟁이가 되는 것이다!

문을 빼꼼히 열어주면
하루는 꺄아~ 기쁨의 소리를 지르며
안으로 들어와 세면대 위로 뛰어올라온다.

꺄아~~~

야옹

애옹

찾았다옹~

냥~

잘했다옹~

너무
귀여워!!

하루의 목소리만으로도 행복지수가 올라간다.

울 애기
목소리 세젤귀!
목소리 미남!
목소리 천재!

내일도 같이
숨바꼭질 놀이
하자옹~

망생일기 스타트

소감이 어때?

뭐가?

회사까지 그만두고 꿈을 쫓게 된 소감이 어떠냐고. 작업실까지 얻고.

좋아?

...음..뭐..아무래도 좀 불안하기도 하고 걱정도 많이 되지.

그래두...

짱 좋음! 대박 좋음! 완전 좋음!!

ㅋㅋㅋ

나 진짜 열심히 할 거다! 맨날 맨날 글 쓰고 공모전도 막 다 도전하고 작업실도 맨날 나올 거고 책도 엄청 많이 읽을 거야!!

영화랑 드라마도 엄청 엄청 많이 볼 거고 전시회도 보러 다닐 거야!

회사일도 받아서 틈틈이 돈도 벌 거고 여행도 갈 거다!!

ㅋㅋ 할 거 되게 많네.

망생이 1년 차

망생이는 처음이라

드라마 작가는 어떻게 되지?

드라마 작가는 어떻게 되는 걸까?

너에게 작가의 재능을 허하노라~

뿌로롱~

헐!

타고난 재능을 가진 소수의 천재들만 되는 거 아닐까?

난 아직 내가 재능이 있는지 없는지조차 모르는데...

그럼 저도 작가가 될 수 있는 건가요?

물론

펑!

뿡이지롱!

헉!

무당사가 개로 변했어!

닿을 수 없는 꿈이라고 생각했기에 지금껏 한 번도 어떻게 하면 드라마 작가가 될 수 있는지 찾아보지 않았다.

아... 개꿈...

내가 갈 수 없는 다른 세계의 직업같이 느껴졌으니까.

나에게 드라마 작가란 일종의 유니콘 같은 것이었다.

있다고는 들었는데 본 적은 없습니다.

하지만!!
이제부터 그 다른 세계를 향해
모험을 시작해보려 한다.

자, 일단
어떻게 하면 드라마 작가가
될 수 있는지부터 알아볼까?

가장 먼저 할 일은 자료 수집!
드라마 작가 지망생들의 커뮤니티 중
가장 유명한 카페 두 군데에 가입했다.

오오~
있다 있어!
작가 지망생 카페!

가입!
가입!

네이X 카페 : 기승전결
공모전 소식과 여러 관련 소식이 빠르게 업데이트 된다.

다X 카페 : 행복한 드라마 작가 (이하 행드)
드라마 업계의 뒷이야기나 보조작가 후기, 제작사나
방송국 관련, 계약관계 등의 실전 경험담을 들을 수 있다.

에엥?!

가입자 8만 4천 명?!
허억! 그럼 작가 지망생이
8만 명이나 된단 소리야??

내...내 라이벌이
8...8만명?!!

예읍니다...

1차
충격!

아니, 이렇게 많은 사람이?

카페에서
여러 가지 정보를 얻었다.

우선,
드라마 작가가 되는 방법!

실력

첫 번째.
드라마 극본 공모전에 당선된다.

경력

두 번째.
보조작가를 하다 메인작가의 추천으로
제작사와 계약한다.

인맥, 운

세 번째.
인맥이나 운으로 제작사나 방송국 PD에게
대본이 흘러가 작품을 인정받으면 계약한다.

그중에
그나마 신인이 가장 접근하기 쉽고
도전해볼 만한 건 '공모전'이다.

유명한 작가님들도
공모전 출신이 많으시구나

공모전은 각 방송사마다
모집요강이 다르고 모집시기도 다르다.

꿈의 무대

SBS
MBC
KBS
JTBC
TVN

나의 로망
방송국!!

까아~

공모전들만 준비해도 1년은 금방 가겠네!

단막도 있고 미니도 있고 웹드라마도 있네...

보자 보자... 보통 몇 편이나 접수되려나?

그래두 몇백편은 되겠지?

...음...?

KBS 단막극 공모전

최종 2400여 편 접수됐습니다.

허거거거걱!! 2400편????!!!!

고작 몇 명 뽑히는 공모전에 몇 천 편???!!!

이거...당선되는 게 가능하긴 한 거야?

갑자기 자신이 없어...

2차 충격!

망생이는 처음이라

혼자서는 어려워

시나리오 공부와
*습작을 시작했다.

으아아~!!
대사가 왜 이래?
오조 오억 번은 더 본 대사만
떠오르면 어떡해!!

진부하다! 진부해!
새로운 생각을 해야지!

끄아아악 ㅠㅠ

*습작: 시, 소설, 그림의 작업이나 기법을 익히기 위하여 연습 삼아 짓거나 그려봄.
또는 그런 작품.

시나리오 공부를 시작하며 가장 도움이 된 책은

STORY
시나리오
어떻게
쓸 것인가

← 무려
644p

로버트 맥키
'시나리오 어떻게 쓸 것인가'
란 책이다.

이 책을 통해

이야기의
구조와 의미

구성

기승전결

설정과
장르

장면
설계

등장인물

기본적인 시나리오의
구조에 대해 이해했고

재밌게 봐온 드라마의 대본집이나
단막극 공모전 당선작, 과거 *베스트극장에
방송되었던 단막 대본을 통해 작법을 익혔다.

소설 읽는 거랑은
느낌이 완전히 다르네..?

대본만 봐도
엄청 뭉클하다.
진짜 잘 쓰셨다...

*MBC베스트극장: 1991년~2007년까지 매주 단막극을 선보였던 프로그램

하지만 머릿속에 떠오르는 생각들을 대본으로
옮기는 것은 생각처럼 쉬운 일이 아니었다.

하..진짜
안 써지네...

머릿속엔 있는데
왜 글로 옮겨지지가 않는 거야.
맥키님 내게 길을 알려줘.

하고 싶은 이야기와 생각은 넘쳐나는데 그것을
어떻게 대본으로 표현해야 하는지를 모르니

생각이란 강물에
그저 휩쓸려 갈 뿐..

생각과 글이 하나가 되지 않았다.

본격적으로 하려면
아무래도 혼자서는 좀
힘들지 않을까?

응... 혼자 하니까
항상 어딘가에서 막혀서
앞으로 못 나가는 느낌이야.

스터디 같은 거
한번 해보면 어때?

스터디?

스터디가 필요해

그런데 그때...
갑자기 뭔가 알 수 없는
불길한 기분이 느껴졌다.

뭐지?

기분 탓인가?

그리고 그 불길한 기분은
결코 기분 탓이 아니었다.

스터디가 시작됐고, 나와 은이는 첫날이라
분위기만 익히기로 했다.

소재는 좋은데
서사가 빈약하다~

그러다 보니 갈등이
없어서 극적이지가 않아~

오...
왠지 다들 프로 같다
완전 멋지다~

딜레마를
줄까요?

뭔가
대단해 보인다.
자기만의 작품을
쓰다니!

나도 빨리
내 작품을
써보고 싶다!

스터디는 괜찮았다.
문제는...

뒤풀이에서 벌어졌다.

뒤풀이도 꼭 참석해야 하나...

난 술도 못 마시는데...

시끌 시끌 시끌 시끌 시끌

세미야, 옆에 앉아도 되지?

네? ...아_네.

스윽

세미는 남자친구 있어?

??

아_아니요, 지금은 없는데...

그래? 그럼...

아차! 그냥 있다고 할걸...!

요즘은 같이 자는 남자 없겠네?

그동안 몇 명이랑 같이 자봤어?

네?!

순간 너무 깜짝 놀라서 그대로 굳어버렸다.

오빠(?)가 좋은 거 알려줄게.
진짜 작가가 되려면
남자랑 많이 자봐야 해.
작가에겐 경험이 재산이거든.

나이 많은 남자(?)도 만나보고
이런 거 저런 거 다 해봐야 하는 거야.
XX하고 XX한 거 해본 적 있어?

네에에에
에에에??!!

세미야_
오빠(?)말
무슨 말인지
알지?

그 자리에서 화를 내며 벌떡 일어나고 싶었지만

무서운 마음이 들자 말도 안 나오고, 몸도 움직이지 않았다.

에이~
낼모레면 서른인데
그 나이에 순진한 척
하지 말고~

내숭 떠는 여자
매력 없어~

글 안 쓰고 싶어?
드라마 작가 되고 싶다며~
오빠가 가르쳐줄게!

언니!

저 통금시간 있어서
지금 집에 가려고 하는데
같이 가실래요?

어? 어…어!!
어어어어어어!!

첫!

은이의 도움으로 도망치듯
그곳을 빠져나왔다.

아!!
나 왜 멍청하게
아무 말도 못 했지?!

자괴감

당황해서 그래요.
그 사람 진짜
이상한 것 같아요.

우리 저 스터디
다신 가지 말자.

네_저긴 좀
아닌 거 같아요.

첫 스터디 도전 실패.

거기서 아무 말도 못 하고 멍청하게 굳어 있었던 내가 너무 한심해~

이 나이 되도록 당당히 맞서지도 못하고 결국 도망이나 치고...

야.

네가 뭘 잘못했는데?

잘못한 건 그 XX인데 왜 네가 자책을 하고 있어.

하—

생각할수록 X나 열받네.
삐—————————
그 XX XX가 어디서 XX이야.
삐—————————
삐|————————————

(지금은 심한 욕 중)

부글부글

헐... 쌍욕...

나는 오늘... 내 15년 지기 친구가 쌍욕을 할 줄 안다는 사실을 처음 알았다.

(지금은 심한 욕 중)

그 놈 전화번호 찍어봐.
가만 놔두면 다른 여자들
한테도 똑같이 할 거 아냐.

어?
번호 모르는데..?

그럼 그
스터디 모집한 사람
번호는 알지?

솔직히
거기까진 생각하지 못했다.

그럼...
내..내가 할게.

할 수
있겠어?

으..응!
내가 당사자잖아.

스터디 조장에게 전화를 걸어
그날 뒤풀이에서 있었던 일을 얘기했다.

아...
그 형이 또...

미안해요.

...어? 또?
알고 있었나?
그런 사람인 거?

조장은 내게 미안하다며 대신 사과(?)했고
앞으로는 자신이 주의(?)를 시키겠다(?) 말했다.

아무쪼록 그 사람이 앞으론
그 누구도 그런 식으로 대하지 않기를 바란다.

그래도 어디선가
또 그러겠지?

만나기만 해봐라
확 그냥 여기저기 막 그냥!

수세미
뿔났다

나는 평화주의자다.

누구에게도 화내지 않고, 누구와도 싸우지 않는다. 내 안에 분노와 시기, 질투 같은 마음은 없…… 사실 고백하자면 그건 다 핑계다. 나는 평화주의자가 아니라 갈등을 회피하고 싶은 겁쟁이일 뿐이다. 다툼 후에 냉랭해진 분위기와 그로 인해 받을 상처가 무서워서 그 상황을 피하는 것뿐이다. 내가 그런 인간이라는 걸 인정하기 시작한 건 드라마를 쓰면서부터다.

드라마는 팔 할이 갈등이다. 대본을 쓰다보면 절반은 싸우는 신(Scene)이 나온다. 주인공들은 서로 싸우고, 회사와 싸우고, 세상과 싸우고, 자기 자신과 싸운다. 여기서 문제가 발생했다.

신나게 키보드를 두드리며 대본을 써나가다가도 갈등 신이 나오면 멈추고 주저하게 되는 것이다. 큰소리로 화내본 적도, 누구와 머리채를 잡고 진심으로 싸워본 적도 없어서 그런 장면을 쓸 때면 어디서 본 것들을 떠올리거나 상상할 뿐이었다. 당연히 신은 고리타분했고 대사는 현실감이 떨어졌다.

실컷 힘들게 쓴 대본을 갈기갈기 찢어버리고(사실 컴퓨터 휴지통에 버리고) 진지하게 나를 돌아봤다. 나는 언제나 내 마음을 숨겼다. 인간이라면 누구나 느낄 분노나 슬픔도 억지로 외면했다. 그렇게 마음의 문을 꽁꽁 잠가버리고는 그 안에 혼자 앉아 평화롭다며 스스로를 위안했다. 그러나 지금은 알고 있다. 그것이 얼마나 스스로를 학대하는 일이었는지를.

감정은 스스로 소멸되지 않는다. 마음속에 켜켜이 쌓여 곪아가고 썩어간다. 그러니 사람은 화가 나면 화를 내고 슬프면 울어야 한다.

평생을 평화주의자로 가장한 겁쟁이로 살았기에 하루아침에 바뀌긴 쉽지 않을지 모른다. 하지만 이제는 자신을 억압하지 않을 것이다. 부디 우리 모두 불의한 것에 화내고, 부당한 것들과 싸우자. 분노하고 울고 소리치자. 마음껏 질투하고 슬퍼하며 갈등을 이겨내자. 그렇게 우리는 한 걸음 더 성장할 수 있다.

내가 만든다, 스터디

내가 쓰고 있는 게 맞는 건지 모르겠어.

읽어보고 평가해줄 사람이 없으니까 재밌는지 아닌지도 모르겠고.

맞아요~ 저도 요즘 그래요.

첫 스터디 이후 트라우마가 생겼다.

스터디해보고 싶은데... 또 이상한 사람 만날까봐 아무 데도 못 나가겠어...

그냥 스터디는 포기해야겠지?

그럼 언니

우리가 그냥 스터디를 만들어버릴까요?

우리가?

응응! 드라마 작가 지망생으로만! 미리 연락해서 어떤 분인지 알고 만나면 괜찮지 않을까요?

오!! 그럴까?

우리는 곧바로 작가 지망생 카페에 스터디 모집 글을 올렸다.

아무한테도 연락 안 오면 어떡해?

백퍼 와요. 걱정 노노~

그리고 잠시 뒤 몇몇 사람들에게 진짜로 연락이 왔다.

오! 이분은 보조작가 경험이 있으시대!

이분은 공모전 당선되셨었대! 대박 대박!!

멋지시다~

대망의 스터디 날! 우리는 스터디룸을 빌려 사람들을 기다렸다.

이상한 사람 오면 어쩌지..

무서워...

괜찮아요. 그럼 제가 또 구해줄게요.

혹시나 이상한 사람 올까봐 작업실에서 하자고 못하고 스터디룸 빌린 쫄보

저.. 안녕하세요!

하나둘 멤버들이 도착했고

여기... 드라마 스터디 맞죠?

걱정과 달리 모두가
너무너무 좋은 사람들이었다.

안녕하세요!

다행이다!
느낌이 좋아!

그렇게 우리는
한 팀이 됐다.

이름: 공유 (28)
은행 청원경찰
특징: 공유가
되고 싶음.

이름: 리리 (26)
구성작가
특징: 스터디 막내

이름: 아나 (37)
대기업 홍보팀 퇴사
특징: 미녀 냥덕후

저는 마음이 훈훈해지는
가족 드라마를 쓰고 싶어요!

저는 킥킥대고 웃을 수 있는
코미디 드라마를 쓸 거예요!

난 우리 사회의 부조리를 고발하는 장르물! 스릴러도 써보고 싶어!

전 사극이요! 대작 사극을 쓰는 게 꿈이에요!

전 로맨스요. 달달하고 가슴이 콩닥콩닥 뛰는 로맨틱 코미디를 쓰고 싶어요~

꺄아아아아~~ 상상만 해도 넘 좋아아아앙~~!!

캔들

coffee

스크랩

노트북

휴대폰

타블렛

달력

나의 작업 메이트

음악

필기구

하리
하루♥

Book

관련서적

빵

석류

발방석

열정의 습작러

스터디는 격주 토요일마다 하기로 했다.

D-13일

D-10일

D-7일

D-3일

랄랄라~
뭘 써볼까나?

생각이 잘 안 나네...

뭐 쓰지?

뭐 쓰지?
뭐 쓰지?
뭐 쓰지?
뭐 쓰지?

이제부터 엄마라고 부르지 않아도 돼. 왜냐면 난 쓰레기니까.

스터디가 있는 주 목요일까지 2주 동안 쓴 글을 스터디 카페에 업로드하고 합평 준비를 해야 한다.

스터디 마감 D-1일

단 것 좀 먹일까용?

집사가 미친거 같다냥

모르겠다아~
막 써버리자아~
까아아아아아아아아앙

그리고 대망의 스터디 첫 합평 날이 오고야 말았다.

어때 어때?

재밌어?

재밌지?

재미없어?

재밌어?

재미없어?

재밌지?

누나. 재미는 둘째 치고,

그래서 결국 하고 싶은 얘기가 뭐예요? 이 이야기로 전하고 싶은 메시지가 뭐죠?

이 드라마의 주제가 뭐예요?

어? 주제??

주제 主題

예술 작품에서 지은이가 나타내고자 하는 기본적인 사상.

아. 음.. 어... 주제라면...

음...사랑이 어쩌고 정의가 어쩌고 신념이 어쩌고저쩌고...

지금 막 지어냈지??

아무말 대잔치

뭐라고?! 지금 막 지어냈다고? 내가??!

빙고! 티 났엉?

질린다...

그러고 보니 주제에 대해 진지하게 생각해 본 적이 없네

드라마는 그저 '재밌으면 그만' 이라고만 생각하고 있었어

스터디를 하면서 깨달았다. 내가 진짜 '아무것도 모른다'는 것을.

다음번엔 주제를 정해놓고 이야기를 떠올려보세요!

응! 고마워!!

내가 진짜 하고 싶은 이야기는 뭘까? 무슨 메시지를 전하고 싶은걸까? 내가 보여주고 싶은 나의 신념은 뭘까?

동료들에게 자극을 받아서인지 더욱더 열정이 불타올랐다.

좋아!! 다음 스터디 땐 좀 더 발전된 모습을 보여주자!!

다른 친구들보다 부족한 만큼 더 열심히 노력하자!!

내가 하고 싶은 이야기

그러고보니 나...
왜 드라마를 쓰려고 하지?

그건...
내 드라마를 보고
사람들이 웃었으면 해서...
힘들어도 씩씩하게 힘을 냈으면 해서...
좌절 대신 희망을 얻었으면 해서...

그렇구나!
난 그런 이야기를 하고 싶구나!

전설의 스터디

교육원 인 여의도

세상엔 수많은 종류의 다양한 학원들이 있다.

미술학원 / 사회탐구 / 음악학원 / 수학전문 / 공무원영어 / ㅇㅇ어학원 / 바둑교실 / 컴퓨터 / 영어전문학원 / 독서토론논술 / 피아노 / 발레학원

그런데 과연 '드라마 작가'가 되는 법을
가르쳐주는 학원도 있을까?

드라마 역시 기초적인 이론부터
대본 집필, 공모전을 대비하는 방법 등을
가르쳐주는 학원들이 있다.

방뚱국 아카데미

한국 드라마 아카데미

서울 시나리오 스쿨

한국방뚱작가협회 교육원

그중에서도 '한국방송작가협회 교육원'은
1988년부터 수많은 작가들을 배출한 드라마 작가의 산실이자
그야말로 명실상부 대한민국 최고의 방송작가 양성기관이다.

1988 ‥‥‥ 2018

수업을 진행하는 강사진은 최고 수준의
드라마 작가님들과 PD님들로 구성되어 있으며

평소 존경해온
작가님, PD님께 직접
배울 수 있다고?!

어머!
이건 배워야 해!

기성 드라마 작가님들 대다수가 교육원 출신인 것은 물론
공모전 당선자의 80% 이상이 교육원생이거나 졸업생이다.

이 작가님들이
전부 다??

방송작가협회
교육원 출신?

교육원은 매년 4월과 10월
딱 두 번 새로운 기수를 모집하고

때를 놓치면 다음
6개월을 기다려야 하니
4월 10월 모집 기간 중
꼭 지원해야 합니다.

기초반에 등록하면 이후엔 성적순으로
연수반~전문반~창작반 진급 과정을 거친다.

창작반

전문반

연수반

기초반

상위 클래스로 갈수록
인원과 반수가
적어지는 구조입니다.

왜 눈물이 났을까?

교육원이 다른 학원들과 다른 점은
첫걸음이자 시작인 기초반 등록을 위해서
지원만 하면 되는 것이 아니라

으응?!

면접을 거쳐 선발되어야 한다는 것이다!

면접을
보라고?!

그냥 학원
같은 곳이
아니구나!!

대학을 졸업하면 꼭 가고 싶었던 회사가 있었다.

어렵게 포트폴리오-실기시험-실무자면접
모든 과정을 통과했고

마지막으로 임원면접을 봤는데

그것은 처음 겪어보는 압박면접이었고
사장의 공격적인 질문에 난 그만 굳어버렸었다.

뭐라고?
난 그렇게
생각 안 하는데?!
(은근한 반말)

그건
아니지ㅋㅋ
(왜 웃지?)

왜 말을
저렇게 하지?
싸우자는
건가?

옆 사람 디자인에 대해
냉정하게 평가해보세요
(왜_내가_평가를...)

그 회사의 입사 최종 탈락 문자는
드라마틱하게도 하필 내 생일날
아침 확인한 첫 문자였다.

뭐지?
생일빵인가...

귀하의 능력은 출중하나
부득이하게 이번엔
함께할 수 없어 매우
안타깝고 어쩌고저쩌고

드라마네
드라마...

다행히 다른 회사에서 본
면접은 좋은 분위기였고
합격까지 이어졌지만

낯선 사람에게
스스로 가치를 증명해야 하는
면접은 나에겐 정말 정말
힘든 일이기만 했다.

그런데 왜 또 면접을 봐야 하는 거야!!

면접 싫다고!! 진짜 싫다고!! 완전 싫다고!!

어쩔 수 없지 이번이 내 인생 마지막 면접이라 생각하고 열심히 준비하자

반드시 합격한다

벌떡

그날은 순식간에 다가왔다. 면접관은 평소 내가 존경해왔던 유명한 드라마 작가님들이었고

하_미치겠어... 어떡해_너무 떨려...

면접을 보러 온 사람들은 남녀노소 다양했고 무엇보다 엄청_엄청_많았다.(금, 토 이틀간 면접 진행) 듣기론 한해 평균 2400여 명 이상이 지원한다고 했다.

바글바글

이 사람들이 전부 드라마 작가 지망생?!

바글바글

면접은 1:1로 진행되었다.

울면서 나오는 사람 봄

우..울어?
왜..왜 울지?

헐

흑흑

드디어 내 차례다.

수세미 씨!

네, 네!!

면접실로 들어가자
유명한 작가님께서 내가 쓴
지원서를 읽고 계셨다.
(간단한 이력과 지원동기를 적는다)

이, 이, 이분이!!
그, 그, 그 작가니임?!
그 드라마 완전 좋아했는데!!
완전 완전 대박이다!!

디자인 전공에
그림 그리기가 취미네요?
그림보다 드라마가 더 좋아요?

네! 그림도 좋아하지만
글 쓰는 걸 더 좋아하고
드라마는 더 더 좋아합니다!

흠...
그렇다면...

질문타임이다!

눈물이
보일까봐

그때 왜 눈물이 났을까.

면접장에서 울었다는 에피소드를 웃긴 이야기처럼 친구들에게 소비했지만 사실 그때 나는 전혀 웃기지 않았다. 면접장에서 작가님이 "힘들지 않았느냐"고 물어보셨을 때 나를 사로잡은 감정은 '나도 누군가에게 투정을 부리고 싶다. 기대고 싶다. 힘들다고 말하고 싶다'는 마음이었다.

그전까지 나는 부모님껜 든든한 맏딸, 동생들에겐 자랑스러운 언니가 되고 싶어서, 약점을 남에게 일부러 드러낼 필요 없다는 소심한 생각에 누구에게도 힘들다 말하거나 투정을 부려본 적이 없었다.

그런데 어이없게도 첫 투정의 대상이 처음 뵌, 게다가 나를 심사할, 유명 작가님이라니! 어쨌든 부끄럽다는 생각을 할 틈도 없이 눈물이 먼저 비집고 나와 얼굴을 타고 흘러 무릎에 올려둔 손등 위로 툭툭 떨어져 내렸다.

지금 생각해도 신기한 건 그런 날 보고 전혀 당황하지 않고 다 알고 있다는 듯 온화한 미소를 지으시던 작가님의 표정이다.

"열심히 해봐요."

작가님께서 해준 딱 여섯 글자의 말이 내게는 다르게 들렸다.

"그동안 많이 힘들었지. 이제는 너무 걱정 말고 하고 싶은 일을 해도 돼. 꿈을 향해 도전해봐도 괜찮아. 잘할 수 있을 거야. 열심히 해봐요."

그 말에 나는 또 주르륵주르륵 눈물을 흘릴 수밖에 없었다.

마음이 반짝반짝

떨리는 마음으로
교육원 홈페이지에 접속했다.

어...어?!

결과는 다행히 합격이었다.

X요일 반이래!
나 이제 교육원생이다!

면접으로 떨어지는 사람 한 명도 없는 거 아니야??

그런가?
그래도 좋아!!

*교육원 지원서에 월-금 중 원하는 수강 요일에 체크를 하면 우선순위로 배정해주긴 하지만 수강생의 면접 결과, 경력사항, 학력사항, 연령 등을 총체적으로 감안하여 반을 편성. 교육원에서 각 교육생에 맞춰 강의 요일을 지정해줍니다.

오늘은 내가 치킨 쏜다!

됐어ㅋㅋ
그 돈으로 수강료나 내.
돈은 있냐?

나 알바해서 돈 있어!
가자 가자!!

*수강료는 기초반의 경우 21주 교육과정에 70만 원입니다.

합격해서 다행이다 정말.

마음이 왠지 반짝반짝해지는 것 같아.

교육원 기초반 수업

교육원 첫 수업 날.

아 떨린다

두근 두근

두근 두근

으으... 어릴 때 학교에서 새 학기 첫 교실에 들어갈 때 느꼈던 그 느낌이야!!

설레는 마음에 너무 서두른 나머지 수업 시작 30분 전에 강의실에 도착했는데

먼저 온 분들이 한쪽에 모여계셨다.

저기... 안녕하세요?

안녕하세요! 어서 오세요!!

그리고 갑자기 시작된 자기소개 타임

전 지금은 관뒀지만 신문사 사회부 기자였어요.

30CH

기.. 기자..!?

우와 기자였으면 사회파 드라마 잘 쓰겠다

띠용!?

전 변호사

40대

변호사면 법정 드라마 잘 쓰겠다..

전 의사

40대

헉!

의사면 메디컬 드라마 잘 쓰겠다

오랫동안 교사로 국사를 가르쳐왔고..

50대

우와!

사극 잘 쓰시겠다...

헐!

예능 구성작가 출신이에요.

20대

코미디 진짜 잘 쓰겠다..!

교육원에서 만난 분들은 나이대도 직업도 굉장히 다양했다.

와..신기하다.. 이렇게 다양한 분야의 사람들이 드라마를 쓰고 싶어 하는구나

다들 뭔가 전문적인 분야가 하나씩 있으시네 멋지다...

그쪽은요?

아..저는..

?

..저는.. ..프리랜서..

그에 반해 나는 특별히 잘하는 전문적인 분야가 없는 것 같아 살짝 기가 죽었다.

기초반 선생님은
수십 년 경력의 연륜이 쌓이신
노년의 전직 방송국 PD님이셨다.

반갑습니다
여러분

드라마 작가를 향한
첫걸음을 떼신 것을
환영합니다

아무래도 기초반인 만큼 수업은
기초적인 글쓰기 이론 위주로 진행됐는데
*반마다 수업방식은 다를 수 있습니다.

수강생들 대부분은 기초이론에 대해선
이미 학습이 되어 있는 듯 보였다.

· · ·

혼자 열심히
필기함 ➤

ㄹㄹㄹㄹ

그러다 수업 도중 선생님께서 현역 시절
연출하셨던 드라마 얘기를 해주셨는데

제가 예전에
어떤 드라마를
했을 때 있었던
일인데...

오!! 대박!!
와와와~~
너무 신기하다!

내가 태어나기 십수 년 전에
방영되었던 드라마였다.

내가
태어나기
전부터 드라마를
만들어오신
분이시라니!!

나 지금 엄청난 분께
가르침을 받고 있는 거구나.
더 열심히 해야겠다!

교육원 수업 오늘도 너무 재밌었다.

나도 언젠간 선생님처럼 오랜 경력을 쌓게 되는 날이 올까?

회사를 다닐 땐 매일매일 그 일을 그만두고 싶었다.

더 궁금한 것도 더 배우고 싶은 것도 없었다.
그래서인지 잘하고 싶다는 생각도 딱히 들지 않았다.

선생님께서 추천해 주신 책이 이건가?

그런데 지금 내가 꾸는 꿈은 다르다.
더 알고 싶고, 더 잘하고 싶다.

다른 사람들은 이미 작법은 다 마스터한 것 같았어 나도 분발하자!!

분명 쉽지 않은 길이겠지만...
상처받는 일이 생길 수도 있겠지만...

그럼에도 불구하고 가고 싶은 길,
하고 싶은 일이 있다는 건 행복한 일인듯 싶다.

빨리 가서 책도 읽고

대본도 써야지♡ 재밌겠다!!

합평의 시간

기초반 수업도
어느덧 중반부에
접어들었다.

자, 다음 시간부터는
여러분의 극본을 가지고
합평을 시작하겠습니다.

각자 쓰고 계신
대본을 마무리해서
제출해주세요.

드디어
올 것이
왔다!

수업 후에 같이 식사를 할
친한 동료들도 몇몇 생겼다.

같이
밥 먹고 갈래요?

좋아요!!

굴국밥 어때요?

좋아요!!

대본은 많이
썼어요? 다음 주가
마감인데...

저 굴국밥 처음
먹어봐요.
너무 맛있네요!

*초고 : 고쳐 쓰기 전의 원고. 처음 쓴 원고.

모두 마감까지 파이팅!!

파이팅!!

내가 글을 쓰겠다 다짐하지 않았으면 못 만났을 사람들. 이 세계에 오기를 잘했다.

이제부터 내 글을 쓴다.

마감까지 힘내보자!

기초반 수업에 제출할 내 첫 대본(70분 단막극)은

마감은 무슨 수가 있어도 꼭 지켜야 해!

타닥 타닥 타닥 타닥

SNS로 받은 제보를 통해 어릴적 유괴당한 딸을 찾는 아버지와 용감한 여고생들의 이야기를 썼다.

쓰면 쓸수록 뭔가 산으로 가는 느낌이 들었지만...

어... 이다음엔...

산속 별장을 찾아간 주인공! 그곳에서 범인을 마주친다?!

(진짜 주인공 산으로 보냄)

마감 바로 직전에
간신히 완성해 제출할 수 있었다.

하얗게
불태웠어...

그리고 드디어 합평 날

수세미 작가의
작품은...

어떡해!
심장이
너무 떨려!

디테일이 부족하고
빈틈이 많은 극본이다.

추격이 너무 길고
미스터리와 서스펜스가
필요 이상으로
조성되어 있다.

추격 씬이
쓸데없이 장황하다.

장면들이 전체적으로
과장되어 있다.

기승전결의 구조가 효과적으로
배분되어 있지 못하다.

리얼리티를
더 추구해야 한다.

캐릭터 연구가
더 필요하다.

계산이 부실하고
대뜸 등장하는 장면들이 많다.

주제가 다소 모호하고 하고 싶은 말이 뭔지 모르겠다.

아...

주인공이 누구인지 헷갈린다.

복선이 불친절하게 깔려 있다.

사건에만 집착해서 감정이 사라졌다.

괜찮아? 힘내. 다음에 잘 쓰면 되지~

어...어...

대박!! 선생님께서 제 대본을 보고 분석해주시고 합평해주시다니! 너무 신기해요! 진짜 재밌다! 또 빨리 다음 대본 써보고 싶어요!

오늘 해주신 말씀 전부 뼈에 새길 거예요!

빠르다!! 극복이 빨라!!

첫 합평은 엄청 신기하고 감사한 경험이었다.

그래도...딱 한 가지!! 마지막 반전과 결말이 아주 좋았습니다. 앞으로 더 열심히 써보세요.

다행이다... 좋은 점도 하나 있어서...ㅎㅎ

글 쓰는 거 너무 재밌어!! 다음엔 어떤 걸 써볼까?

긍정이
체질

어느 날 친구에게 너는 '개복치' 같다는 말을 들었다.

온갖 종류의 스트레스와 자극에 꼴까닥 죽고 마는 개복치. 나는 신경 쓰이는 일이 있으면 잠을 자지 못하거나 밤새 악몽에 시달린다. 다음 날에 컨디션 난조로 배가 아프고, 그러면 더욱더 스트레스를 받아 잠을 이루지 못하고 또 배가 아픈 악순환이다.

망생이가 되면서 제일 먼저 한 결심이 이 지긋지긋한 악순환의 고리를 끊는 것이었다. 아래의 리스트는 개복치에서 벗어나기 위해 내가 만든 '편한 마음을 유지하기 위한 루틴'이다.

❶ 아침에 작업실에 출근해 환기를 하고 ❷ 고양이들과 시간을 보낸 뒤 ❸ 청소를 하고 ❹ 가장 좋아하는 빵과 커피를 마신다. ❺ 글을 쓸 때는 외부에서 들려오는 백색소음 외에 아무 소리도 들리지 않게 한다. ❻ 휴대폰은 항상 무음 모드로 해놓고, 답장이나 전화 연락에 대한 압박감을 느끼지 않는다. ❼ 외출이나 외부 업무를 본 다음 날은 무조건 하루 종일 집에서 쉬며 충전한다. ❽ 먹고 싶은 것을 먹고 싶은 시간에 먹고, 다이어트에 대한 강박을 버린다. ❾ 자기 전에 생각 말고 다른 것(영화 보기나 책 읽기, 단순 작업 하기 등)에 몰입한다. ❿ 완벽하기보단 완성하는 것을 목표로 한다.

별거 없는 이 루틴 덕에 나는 지금 스트레스 대신 긍정을 체질로 만들고 있는 중이다. 어쩌면 개복치인 나 자체는 변하지 못할지도 모른다. 하지만 언젠가 유리멘탈 개복치 대신 긍정적인 개복치는 될 수 있지 않을까?

사람이 보이는 드라마

교육원에서 주최해준 강연에 다녀왔다.

드라마는 결국 '인간'에 대한 이야기입니다.

유명 작가님

인간에 대해 많이 탐구하고 내면의 목소리에 귀를 기울이면 분명히 좋은 드라마를 쓰실 수 있을 겁니다!

인간에 대한 탐구와 이해...

큰 깨달음을 얻었다.

다시 내가 쓴 첫 번째 작품을 읽어보니
거기에 '인간'은 빠져있었다
그저 사건과 사고가 있었을 뿐.

캐릭터가 전혀
안 보이네...

감정도
잘 안 느껴져...

좋아!! 다음 작품은 좀 더
'사람'이 보이는 작품을 써보자!

그렇게 기초반을 졸업했다.

한 학기 동안
고생했어요~

감사합니다.
선생님~

학기가 끝날 때 교육원에선 수료증을 준다.

다음은
연수반이다!!

연수반

기초반

*기초반 성적순으로 연수반 합격 or 탈락이 결정됩니다.

우리 엄마는요

가족 이야기

201X년 둘째 동생 정미가
네 자매 중 처음으로 결혼을 했다.

동생 첫 결혼이라
엄청 울었다.

그것이 시작이었다.
그 뒤로 동생들의 릴레이 결혼식이 시작되었고

1년 뒤
셋째 동생 미미 결혼

그 후 1년 뒤
막냇동생 주미 결혼 →

나만 남게 되었다.

이런
지독한
사랑꾼들…

강제로
막차 당첨!→

아 뭐냐고!!
내가 먼저 씻는다고
했잖아!!

아!!
시끄러!!

위잉~

나 먼저
씻는다!!

내 고데기
누가 갖다 썼어?!
어디다 놨냐고!!

아침마다 출근 준비로
전쟁이던 집안이 고요해졌다.

위잉~

대학시절, 같이 자취하며
나를 먹여살린 둘째 동생

알바비 타서
떡볶이 사 왔다!

언니 이 빵
좋아하지?

퇴근 때마다 빵을 가져와
나를 살찌워준 셋째 동생

손님 이건
고데기예요~

똥손인 나 대신
고데기를 말아주던
막냇동생

이제는 모두 집을 떠나 어엿한 가정을 꾸렸다.

둘째는
아들 둘 엄마

셋째는
아들 하나 엄마

장하다!!

막내는
달콤 신혼

저희 왔어요~!!

어서 와~

사랑하는 동생들이
서로 더 많이 사랑하고
매일 더 행복했으면 좋겠다♡

엄마의 눈썹 문신

재작년 여름,
우리 집에 큰일이 있었다.

세미야!

사우나
잘 하고 왔어?

음?
왜?

당시 사우나 마니아였던 엄마가 목욕탕에
다녀온 후 가슴에 딱딱한 몽우리가
잡히는 걸 발견한 것이다.

여기 좀 만져봐

왼쪽 가슴에 뭐가
있는 것 같아.

뭐가 있다니?
뭐가?!

어? 진짜
뭐가 딱딱하네?

낼 병원 가서
초음파 한번
해보지 뭐~

웅! 내일
꼭 가봐.

..아무것도
아니겠지?

그리곤 대수롭지 않게 여겼는데...

크학학
쟤네 너무
웃겨!

엄마.
결과 나왔어? 뭐래?
별거 아니라지?

엄마 암이래.
유방암.

뭐?
뭐라고?!

하늘이 무너지는 것 같았다.

그 뒤로는 모든 게 빠르게 진행됐다.

CT 촬영

각종 검사 후

수술하고

잘하고 왔요~

걱정마~~

빨간약 4번

항암하고

방사선까지

AC TA XEL

파클리탁셀 8번

항암을 하면서 왜 가을동화에서 은서가 빗질을 하면서 빠지는 머리카락을 보고 울었는지 이제야 알았다.

드디어 머리가 쑥쑥 빠진다! 밀어버려야겠어!

병 때문에 빠지는 줄 알았는데

항암약 때문에 빠지는 거였구나...

항암 2주 후 부터 막 빠짐 ㅠ.ㅠ

엄마에게 쉐이빙(머리를 미리 미는 것)을 하러 미용실에 갈 때 꼭 같이 가자고 했는데

엄마 오늘 미용실 가서 머리 밀어버렸다. ㅋㅋㅋㅋ

응?

카톡!

엄마♥

왜 혼자 갔어!!

아 뭐야! 같이 가자니까!

동생들은 절대 울지 말라고 신신당부를 했고 나는 심호흡을 하고 문을 열고 집으로 들어갔다.

엄마 오늘 머리 밀었다.

카톡!

언니 또 주책맞게 울고 그러지 마라~

카톡!

엄마 앞에서 절대 울지 마!

괜히 심란하게 티 내지 말어.

카톡!

절대로 울지 말자!

후 후

그날 나는 엄마에게 두려움에 맞서는 법과 용기를 배웠다.

머리는 자랐는데
좀처럼 눈썹이 나지 않는 엄마.

아무래도
때가 된 것 같군!

좋아!!
결심했어!!

결국 눈썹 문신을 하셨다.

어때?
눈썹 문신함~

안 아팠어?

헐!

무서워서 평생
귀도 못 뚫은 엄마가
눈썹 문신이라니!!

인정...

뭐가 아파?
나~항암 끝낸
여자야~

눈썹 문신 이후 하루 열 번 넘게
양쪽 눈썹 똑같이 됐냐고 물어보는 엄마.

왼쪽이 살짝
올라간 거
같지 않아?

라인이
너무
얇은가?

라인도
적당한데..?

내가 봤을 땐
똑같아 보이는데..?

아니야.
살짝 다른 거 같아.

이뻐~
잘 됐어~

엄마도 마음속 나이는 아직 청춘인 것이다.

눈썹 안 그려도
되고 좋다!

어머나!
세상 편하네~

우리 엄마
진짜 멋쟁인데...
그동안 꾸미지도 못했지.

엄마!
눈썹 완전
자연스러워!

걱정쟁이의 꿈

나는 사실 엄청난 '걱정쟁이'다.

걱정가게

고민
근심
불행

쯔쯔

걱정

불안

걱정 하나만 주세요...

사서 걱정하는 스타일..

오늘은 엄마의 병원 정기검진 결과가 나오는 날이었는데

엄마가 최근에 목감기도 걸렸었고 날도 많이 더워 컨디션이 좋지 않았던 터라 걱정이 많이 되었나 보다.

왜 기침이 계속 나지? 이상하네...

걱정
걱정

쿨럭
쿨럭

전날 엄청나게 무서운 악몽을 꿨다.

끄응~
끄응~

엄마와 같이 물놀이 중이었는데

등에 큰 혹이 있는 검은색 고래

커다란 호수(?)에 고래떼가 나타나서 엄마가 타고 있던 튜브를 뒤집어버렸다.

심지어 고래 한 마리가 지느러미에
엄마를 끼고 물속으로 들어가서

엄마!

내가 강에 뛰어들어 고래 꼬리를
꼬집어서 엄마를 물 밖으로 꺼냈다.

엄마를
놔줘!!

꼬집

꼬집

엄마
괜찮아?

멀

펑

밤새 악몽에 시달렸지만..

한여름에도
이불덮어야 잘감

정상통과

다행히 검사결과는
'정상'으로 통과!!

정말
다행이다!

악몽과 달리 평화롭고 평범한
오늘 하루가 너무나 감사하다.

고래 꿈은
너무 리얼해서
진짜 무서웠어

그나저나
고래 꼬리를
꼬집어보다니

꿈이라
가능했다.

오늘 밤엔 좋은 꿈을 꿀 수 있을 것 같다.

Zㄹㄹㄹㄹㄱㄴㄱ

하나뿐인
내 편

젊은 시절 엄마의 꿈은 가수였다.

시골에서 나름대로 노래 잘하고 예쁘장한 고등학생이었던 엄마는 실제로 가수가 될 기회도 있었단다. 하지만 그 시절엔 음반 제작을 빌미 삼아 돈을 뜯어내는 사기꾼도 많았고, 가수 데뷔를 시켜준다며 몹쓸 짓을 하려는 나쁜 사람들도 많아서 결국 포기하고 말았다고 한다.

그 뒤로 엄마가 선택한 건 결혼이었다. 주판 학원 선생님이었던 엄마는 외할아버지의 노처녀 타령에 결국 친척의 주선으로 맞선을 통해 결혼했다. 스물일곱 살. 지금으로 따지자면 한창 반짝반짝 빛날 청춘이지만, 그땐 여자 나이가 스물다섯만 넘어도 집안의 천덕꾸러기 취급을 받을 때였다. 결혼 후 엄마는 곧장 연년생으로 딸을 셋이나 낳았다. 그중 첫째 딸이 나다.

명절 때 동생들이 조카 1, 2, 3호와 함께 집으로 찾아왔다. 조카들은 애교와 사랑스러움으로 무장해 내 심장을 마구 저격했지만, 솔직히 조카 1호만 데리고 노는 데도 기운이 쭉 빠졌다. 세 아이는 절대 동시에 잠들지 않으며 각자 밥 먹는 시간도 달랐다. 한 아이가 울면 전염이라도 되는 듯 돌림노래처럼 울음이 번졌으며 수시로 물건을 던지며 온 방을 뛰어다니고, 바닥에 뭔가를 흘렸다. 동생들은 각자 자신의 아이 하나, 둘을 보는 것도 버거워했다. 그런데 엄마는 어떻게 연년생 아이 셋을 키웠을까? 그것도 지금 내 나이보다 어릴 때.

나라면 분명히 우울증에 걸렸을 거란 생각을 하면서 새삼 엄마가 우주를 지키는 캡틴 마블보다 위대해 보였다. 씩씩하게 네 아이를 키워내고, 큰 수술을 하러 들어가면서도 우리를 위해 웃어 보이고 용감하게 유방암 치료를 마친 우리 엄마. 정말 대단하지 않은가?

엄마는 요즘 아침마다 거실에서 찬송가를 부른다. 내 귀에는 그 소리가 여느 가수의 노래보다 더 근사하게 들린다. 이 세상 하나뿐인 내 편이었던 엄마에게 나 역시 영원히 엄마의 편이 되어줄 것을 오늘도 다짐한다.

오늘을 살자

나는 무엇이든 긍정적으로 생각하려는 편이지만

예쁜 카페에서 케이크만 먹어도 행복해지는데 뭣이 중헌디~

동시에 불안하고 초조하고 걱정이 많아질 때도 있다.

중혀! 중혀다고! 다음 달이면 카페 와서 케이크 먹을 돈도 없어진다고!!

···

나 불렀펑?

불안초조걱정

그럴 때면 난 항상 비슷한 꿈을 꾸는데...

끄으으

엥?

고등학생으로 다시 돌아가 시험을 보는 꿈이다.

이상하다... 어른이 돼서 더 이상 시험 안 본다고 좋아했는데 왜 또 시험을 보고 있지?

도저히 답을 모르겠는 수학 문제를 풀어보겠다고 붙잡고 끙끙대보지만

결국 수학 답을 푸는 대신
이게 꿈이라는 걸 자각해야

아무래도 이상해!!
난 대학도 갔고
회사도 다녔는데?!

어_어?
혹시 이거…
꿈인가?!

…잠에서 깨어날 수 있다.

역시
꿈이네!

허걱!

그 꿈들을 꿀 때마다 생각한다.

꿈에서 깨어나 눈을 뜨고 현실로 돌아오듯
불안에서 벗어나 지금 눈앞의 현실을 보자고.

다가오지 않은 미래나 일어나지 않은 걱정은
꿈속에서 본 시험 같은 것이다.

붙잡고 끙끙대고 있어봤자
답도 없고 실체도 없지.

그러니 지금 당장 깨어나
오늘을 살면 되는 거야!

불안 따윈 필요 없어

오늘의 소확행

AM 10: 00
출근해 문을 열면
버선발로 달려와 반겨주는
하리하루

냥~~

뒹굴

뒹굴

이 세상
귀여움이
아니다!!

AM 11: 00
아침 청소와 정리를 마치고
깨끗해진 작업실의 오전 풍경

다시
털밭이 된 거
같은 건
기분 탓이겠지?

PM 12: 00
따끈하게 데운 토스트에
뜨거운 아메리카노 한 잔

토스트는
버터 식빵+햄+치즈+계란

커피는 큰 머그컵에
가득 채워서

PM 1: 00
낮잠 자는 고양이의 숨소리만 들리는
조용하고 평온한 독서시간

웬 아저씨
코 고는 소리가ㅋㅋ

ZZZ

그렁
크르렁

PM 3:00
글 쓸 때 들리는
타닥타닥 키보드치는 소리

빠르게
치면 칠수록

굉장히
열일 하는 듯한
느낌적인 느낌

타닥

타닥

PM 6:00
소울푸드, 떡국 먹으며 보는 넷플릭스

떡국
완전 꿀맛

죄인이랑 OA
완전 꿀잼

두둥!

PM 10:00
창밖으로 보이는 야경과
좋아하는 천둥번개 빗소리 ASMR

내가 좋아하는
세기말 사운드~♬

솨아아ー ♪
솨아아ー

쿠웅ー

비도 안 오는데
어디서 빗소리가
들린다옹~

작업실에서 만날 수 있는
소확행의 순간들

행복은 멀리 있는 것이 아니라
이미 가까이에 흩어져 있을지도 몰라.
그러니 우리가 할 일은 주변을 둘러보고
행복의 조각을 발견해 줍기만 하면
되는 건 아닐까?

꿈이 기다리는 곳으로 한 계단 더

교육원 진급 발표일이 다가왔다.

왔다!
발표의 날

골골골~

기초반에서 연수반으로
올라갈 수 있는 인원은 절반 가량.

내가 그
절반 안에
들었을까?

한 반에 35명 중 15명 정도가
진급한다.

나는 어릴 적부터 대책 없이 낙관적인 면이 있었는데
그건 무슨 일이든지 중간만 가면 된다는 마인드였다.

넌 이번에
몇 등이 목표야?

음...
중간?

중간?
그게 목표야?

해맑음

응~
중간만 하면
되지 뭐~

'중간' 그 이상으론 올라가고 싶단
욕심도 야망도 별로 없는 아이.

난 평범한 게
제일 좋아.
튀고 싶지 않아.

난 지금도
그럭저럭 만족해.
그냥 이렇게 살래~

그게 나였는데...

점점 욕심이 생긴다.

내 안의 욕망이 활활 불타오른다. 이번에 탈락하면 또 도전해서라도 다음 반으로 올라가고 말리라!!

결과는 다행히 합격이었다.

이제는 중간으로 만족할 수 없다. 나는 더 높이 올라가 볼 것이다.

달콤 살벌한 첫날

연수반 첫 수업 날

금산

연수반 선생님은
어떤 분이실까?
너무 떨린다~

아니
저분은!!

내 인생 드라마
베스트 5 중 하나를 쓰신
그 작가님이시잖아!!

이것은
마치

덕질하던 아이돌을
눈앞에서 보는
그런 느낌적인 느낌!

선생님은 귀엽고 유쾌하게 웃으시며

대본이 너~무 안 써져서 죽고 싶을 때가 한두 번이 아니었다니까요? 하하하.

한 번은 정말 창밖으로 뛰어내려 버릴까 한 적도 있어요 하하하.

대본이 너무 안 나올 땐 진짜 미쳐버릴 것 같다니까?

자는데 뇌에서 진짜 전기가 파바박!! 튈 때도 있었어요.

하하하하하

살벌한 농담을 재밌게 하시는 분이셨다.

• • •

진짜 극한 직업은 드라마 작가임^^

그래도 죽도록 힘든 만큼 보람도 크고 재미있는 일이 드라마를 쓰는 거더라고요.

여러분들도 모두 자신이 쓴 드라마를 방송으로 보는 기쁨을 느껴보는 그날까지 절대 포기하지 마세요!

처음부터 잘못됐습니다만...

연수반에 올라가 첫 합평을 앞두고
두 번째 작품으로 무엇을 쓸까 고민이 시작됐다.

첫 작품이
서스펜스 위주의
사건물이었으니까

이번엔 좀 더
따뜻한 이야기를
써보고 싶은데...

그렇게 생각하게 된 건 지난번 교육원에서
주최해 준 작가님 강연의 영향도 있었지만

드라마는 결국
'인간'에 대한 이야기입니다.

어떤 이야기로
어떤 감정을 보여줄 것이냐를
진지하게 고민해 보세요.

스터디 친구들에게 받은 조언의
영향이 가장 컸다.

누나는 따뜻하고 유머가 담긴
이야기를 잘 쓸 거 같아요!

아...
나는야 팔랑귀~

고민끝에 떠올린 이야기는

쓰레기 집에서 사는
괴팍한 할머니와
돈을 노리고 30년 만에
다시 돌아온 여동생의
사연이다.

타닥
타닥

세상에 둘도 없이 절친했던 한 자매가
서로 오해만 품은 채 30년 동안 헤어졌다가

흥!
내 돈 노리고
돌아온 거
모를줄 알아?

어쩌지?
어떻게든
설득해서
집팔자해야
하는데...

서로가 숨겨왔던 비밀과 진심에 대해 알게 되며
화해하고 남은 생을 함께한다는 휴먼드라마다.

아니야..
사실 나도 다
알면서 모른척
했어...
미안해...

언니이~
미안해에~
내가 진작
말해줬어야
했는데에에~

이 세상에 진심만 있다면
풀지 못할 오해는 없다는
주제를 담았다.

이 작품을 쓰면서는
아무래도 사람 사는 이야기라 그랬는지
대사를 쓸 때 너무 재미있었다.

아!!
옛날에 우리 외할머니가
이런 말 했었는데

대사로
쓰면 좋겠다!!

나의 두번째 작품이
완성됐다.

부족하지만
마음에 들어!

그리고 드디어 합평 날이 다가왔다.

이 작품은...

드디어
내 차례!
선생님께서 어떻게
보셨을까?

이 작품은...

너무
떨린다!!

나름대로 마음에 든 대본이라
선생님의 합평이 너무 궁금했다.

처음부터
잘못됐습니다.

...뭐지?
뭐가 잘못된 거지?

왜냐?
할머니들 이야기를
너무 젊은 작가가 썼어요.

되도록 초기 작품은
자기 나이에 맞는
그 나이에 쓸 수 있는
작품을 쓰는 게 좋습니다.

그때 불현듯 기초반 때 선생님이 하신
말씀이 떠올랐다.

여러분은 아직 젊으시죠.
늙어보질 못했죠?

저는 젊어도 보고
늙어도 봤습니다.

경험의 폭이
다를 수밖에
없습니다.

맞아
잘 알지도 못하면서
어설프게 흉내만 낸
걸지도 몰라

다음번엔
내 또래가 주인공인
이야기를
써봐야겠다!!

  망생이 1년 차

계속
노력해도 된다고

계속 꿈을 꿔도
괜찮다고

응원처럼
들렸어.

나 이제는
좀 더 나를 믿을 거야.

그래도
되겠지?

내 마음을
뺏어봐

어느 날 집에 놀러 온 조카 2호.

고사리 같은 작은 두 손을 포개고 펼쳤다 오므리기를 계속 반복했다. 그 제스처만으로 무얼 말하고 싶은지 알아내야 했던 나는 "배고파? 기저귀 갈아줘? 놀이터 갈까?" 하고 헛다리만 짚었다. 결국 동생이 가르쳐준 그 제스처의 뜻은 '아기 상어'를 틀어달라는 거였다.

그제야 유튜브에서 '아기 상어 뚜르르뚜르~ 귀여운 뚜르르뚜르~' 하는 동요 만화를 본 기억이 났다. 조카 2호는 아기 상어가 노래를 하며 입을 벌렸다 오므렸다 하는 걸 흉내 냈던 거다. 그렇다. 조카 2호는 요즘 아기 상어에 마음을 뺏겼다. 내가 최초로 마음을 빼앗긴 만화는 〈영심이〉다. 1990년도에 방영한 국산 애니메이션으로 방송 당시엔 내가 너무 어렸으니 아무래도 초등학생이 되어서 재방송으로 봤을 것이다.

열네 살 사춘기를 지나는 영심이의 일상을 그린 이 만화가 고작 13부작밖에 되지 않았다는 건 최근에서야 알게 된 사실이다. 다시 찾아본 영심이는 무려 30년 전 만화라는 게 믿기지 않을 정도로 여전히 공감되고 재미있었다. 영심이가 경태에게 상처를 줄 땐 어릴 적보다 더 안타깝기까지 했다. 오프닝 주제곡이 아직도 여전히 와닿는 걸 보면 아직도 내 마음속엔 열네 살 영심이가 남아 있나 보다.

"보고 싶고, 듣고 싶어. 다니고 싶고, 만나고 싶어. 알고 싶은 것도, 하고 싶은 것도 많은 아이 영심이! 해봐, 해봐. 실수해도 좋아, 넌 아직 어른이 아니니까. 해봐, 해봐. 어서 해봐, 해봐!"

온기를 품은 튼튼한 집을 짓듯

드라마를 쓰는 것은
건축을 하는 것과 비슷하다고 한다.

탄탄한 바닥에 기둥을 세우고

하나씩 필요한 곳을 채워가며
쌓아올라간다.

기초 작업이 부실하면

모르겠다.
일단 대충 넘어가자.

애써 공들인 이야기도

어_어?
이게 아닌데_?

이거 완전
산으로 갔잖아!!

언젠가는 와르르 무너진다.

그러니까 첫 설계가 완벽해야
중간에 헤매지 않을 수 있는데

이렇게 나는 오늘
연수반을 졸업했다.

사랑의
온도

살면서 많은 것들을 사랑해왔다.

가장 먼저 가족. 나는 나 자신보다도 가족을 더 사랑했다. 가족의 행복이 곧 나의 행복이라고 생각했고 가족을 위해서만 살겠다고 결심하기도 했다. 지금도 물론 가족을 사랑한다. 하지만 이제는 나 역시 행복해야 가족을 행복하게 해줄 수 있다고 생각한다.

다음은 첫사랑 상대다. 고등학생 시절 다니던 학원의 선생님이었던 그는 배우 뺨칠 정도로 잘생긴 사람이었다. 지금 생각해보면 막 대학을 졸업한 스물일곱 살의 어린 그 사람을 나는 아저씨라고 놀려댔다. 성적이나 가족 일로 시무룩할 때면 체리 맛 사탕 한 통이 학원 책상 위에 놓여 있었다. 친구들은 사탕 주인이 누구냐고 물어댔지만 나는 끝까지 말해주지 않았다. 선생님과 나만의 비밀로 하고 싶어서다. 그 사람 앞에만 서면 심장이 두근두근, 얼굴이 시뻘겋게 타오르고 입안에선 체리 맛이 감돌았다.

최근 내가 사랑에 빠진 건 고양이 하리와 하루다. 사람이든 물건이든 시간이 지나면 익숙해지기 마련인데 하리와 하루는 다르다. 신기하게 매일매일 새롭고 시간이 지날수록 더 사랑스럽다. 식지 않고 계속해서 따뜻한 온도가 유지되는 커피 메이커에 담긴 커피처럼 하리와 하루에 대한 사랑도 식지 않고 있다.

사랑하는 것들에는 온도가 있다. 내가 지금 가장 뜨겁게 사랑하는 건 '나의 꿈'이다. 가끔 실망스럽거나 지칠 때면 이 말을 떠올린다.

"지금은 어쩌면 100도 물이 끓기 직전의 순간일지도 모른다."

그러니 지금 내 꿈을 향한 사랑의 온도는 섭씨 99도다.

망생이 2년 차

괜찮아 망생이야

내 속도를 찾아

20대 때 난 유독 나이에 연연했었다.

헉!!
내 나이가
벌써!!

어쩌지?
너무
불안해!!

무슨 숙제를 하듯 나이에 걸맞은
성과를 내려고 부단히도 노력했고

잠은
포기한다!

일상복음
이었음

매년 생일이 오면
또 한 살 먹었다는 사실에
우울하고 초조해졌다.

생일 케이크가
더 이상 반갑지가
않다니...

아니야
케이크는 죄가
없어

그냥 나이
먹는 게 싫은
거야

10년 뒤의 일까지
매년 목표를 정해놨고

모두 다
이뤄야 해!!

목표를 이루지 못하면
스스로 자책했다.

아..
난 여기까지
인가...

그땐 몰랐다.
인생은 절대 계획대로 되지 않고

저녁은 요 앞에
새로 생긴 쌀국숫집에
한 번 가볼까?

냥~

누구나 자기만의 페이스가 있다는걸

30대가 되어서야 조금씩 깨닫는 중.
나도 이제 내 속도를 찾을 것이다.

20대 땐 쌀국수도
못 먹었었는데...

이젠 제일
좋아하는 음식이
됐네...신기해!

쌀국수~
쌀국수~

마음 나이

사람마다 자신의 마음 나이라는 게 있는 것 같다.

서른도 마흔도 고양이에겐
똑같은 오늘일뿐이라며?

나도 내 나이가
몇 년째 똑같이 느껴져.

내 마음 나이는 '27'살이다.

몇 년째 내 마음은 27살의
나에 멈춰 있는 듯 느껴진다.

왜 27살일까?

아마도 내가 딱 그 나이 때, 평생 지녀온
불안에서 조금은 해방되었기 때문은 아닐까.

그즈음 회사 일도 적응이 되어 힘들지 않았고

동생들이 다 졸업해 취직하며
집안 사정도 좋아졌다.

적금 첫 만기!!
너무 좋다♡

주변에 좋은 사람들이 모여들면서
사랑받고 있다는 기분이 무엇인지 알게 되었다.

다들 친절하고
다정해♡

소소한 일상의 행복이 무엇인지
알게 되었던 나이 27살.

잠드는 것도
아침에 눈뜨는 것도
더 이상 두렵지 않아

이런 게
평화로움이구나

나이를 먹으며 어른이 되어가는 게 순리이지만
나는 그때부터 나이를 먹지 않았고
비로소 어른 되기를 멈출 수 있었던 것 같다.

이쯤에서 좀
쉬어갈까?

여기서 더 어른이 되지 않아도 좋으니
마음만은 27살인 채로 남아 있고 싶다.

그대로
멈춰라!

내 나이가 몇이든 언제나 마음속엔
어린아이가, 청춘이, 설렘이 함께하길.

교육원 전문반

벌써 전문반 수업이 코앞이네.

전문반에선 낮반(낮 2시-4시)은 작가 선생님 수업

저녁반 (저녁 6시~8시)은 PD 선생님 수업으로 나뉘는구나

보통 시간 활용이 자유로운 사람들은 낮반을

흠... 어느 반을 듣는 게 좋을까?

직장인들은 저녁반을 신청하는 것 같다.

나는 작가 선생님이 계신 낮반을 신청했다.

아무래도 낮시간을 빼는게 좋겠지?

저녁엔 지하철에 사람도 많고...

회사를 다닐 때...

저는 요즘 평일 낮에 길거리를 느긋하게 돌아다니는 사람들이 너무 부러운 거 있죠~

아_나도 회사 탈출하고 싶다!

그랬는데 이제 난 새벽까지 글을 쓰고

느지막이 일어나서

남들 점심 먹을 때 일어나다니...

자괴감 드는데 참 좋다.

사람 없는 거리를 돌아다니고

왠지 여행 온 듯한 기분!

서점에 갔다가

평일 낮에 서점 진짜 너무 좋다.

교육원으로 향한다.

이렇게 바로 프리랜서의 소확행이지!

눈치 싸움

전문반 선생님은 최근까지도
작품 활동을 활발하게 하고 계신

엄청 유명한 현역 작가님이셨다.

첫 수업에 선생님께서는
빈 A4용지를 나눠주시고

거기에 '나는 - 다.'로
자신을 표현하는
문장을 써서 내세요~

첫 번째 미션을 주셨는데

하얗게 빈 A4용지처럼
내 머릿속도 하얗게 변했다.

끄으응~
뭐라고 쓰지?

어...어?!
자, 잠깐!!

이걸로 합평 순서
정해지는 거 아니야?!
제일 늦게 낸 사람이
합평 1번 되는 거 같은데?!

이런거에
눈치 바름..

쪽이 온다
쪽이 와!!

합평 순서를 위해
멋진 자기소개는 포기한다.

악써서

합평 받을
작품 아직 반도
못 썼어!

수정도 해야 하고
최대한 늦게
합평 받아야 해!

빨리
제출!

예상대로 제출 순서대로 합평 순서가 정해졌고,
페이퍼에 적힌 문장들로 자기소개가 시작됐다.

나는 아이 셋을
키우는 엄마다.

나는 잘나가는
팬픽 작가였다.

나는 미운 오리
새끼다.

나는 웃기는
사람이다.

그래서 나는 뭐라고 썼냐면...

12번째로 제출한
나는 할 수 있다.

이 패기 넘치는
분은 누구신가요?

저..
저요...

다행이다!
12번째로 제출했으니
합평 순서는 딱 중간쯤
되겠어!! 좋았어!!

그럼 자신 있게
할 수 있다고 했으니까!

합평 1번 당첨!

??？

soosémi_diary
dreams come true

괜찮아 망생이야

그들의 포스

전문반에서 만난 동기들은
포스부터 남달랐다.

우리~
글 좀 쓰는 사람들이야~

...라고 물론 말씀하시진 않으셨습니다.

나이대도 대체로 30대 이상부터 40대까지.
(선생님보다 나이가 많으신 50대 분도 계셨다.)

혹시...
몇 살이세요?

40대

30대
후반

50대

저는
서른이에요.

아우~
아직 애기네~

애..
애기...

이제 어딜 가든 어린 편이 아닌 나이인데
전문반에선 내가 막내축에 속했다.

직장과 병행하지 않고
전업작가로 올인 중이거나

글밥 먹은 지
10년 차예요. 난.

모든 걸 내려놓고
글만 쓰고 있어요!

가족들이
무한 지지해줘서
올인하고 있지.

모두들
이 길에 모든 걸
걸고 있어!!

이미 작가이거나 당선 경력이
있는 분들이 대다수였다.

무경력
무당선

시나리오로
영화 입봉했어요.

전 책 몇 권
냈어요.

난 작은
공모전에
당선돼봤어.

다들 너무
멋지세요!!
대단해!!

174

합평작들의 수준도 눈에 띄게 높아졌다.

너무
잘 썼는데?!

바로 방송으로
나가도 되겠어!

대본이 전부
프로수준이야!
완벽해..!

나는 나대지 않고 조용히
찌그러져 다니기로 결심했다.

첫날에
'할 수 있다.'
라고 쓴 거
너무 후회된다..

누군가 알려주면 좋겠다.

교육원만 해도
이렇게 잘하는 사람들이
넘쳐나는데...

이 길 끝에
답이 있긴 한 건지.

담주에
봐요~

안녕히
가세요~

언제까지
노력하면 되는 건지.

노력하면 이루어질 수는 있는 건지...

괜찮아 망생이야

175

외로움을 주제로

전문반 합평작인 나의 세 번째 작품은 '외로움'을 주제로 써보기로 했다.

외로움... 외로움이란 뭘까...

그러고 보니 난 살면서 그다지 외롭다는 생각을 못하고 산 거 같네...

내 곁엔 소중한 많은 이들이 있다.

사랑스런 고양이

이 세상에 하나뿐인 가족

부모님

동생+제부+조카2

항상 곁에서 힘이 되어주는 소중한 사람들...

동생+제부+조카1

동생+제부

재밌는 친구들...

다정한 동료들...

만약 이들이 곁에 없었다면 나는 어떤 사람으로 어떤 삶을 살았을까?

내가 정말로 '혼자'가 된다면?
곁에 아무도 없는 인생을 살고 있다면?

어디선가 그런 말을 들은 적이 있다.

사람은 너무 외로우면
악마가 내미는 손이라도 잡고 싶어진다고...

외로움이라는 거...
사람의 눈과 귀를 멀게
만들 만큼 무서운 걸지도 몰라...

그런 사람에게는
딱 한 사람의 손길이
아주 간절할 거야.

누군가
딱 한사람이라도
곁에 있어준다면...

그렇게 첫 줄을 쓰기 시작했다.
내 마음과 생각이 전달되기를 바라면서.

지금은 스터디 중

스터디에서 전문반 합평작에 대해
좋은 아이디어를 나눠주었다.

이건 어때요?
여자 주인공이
이래서 저래서
반전이 딱!!

그 사실을 안
남자 주인공도
이래서 저래서
반전에 반전이 딱!!

기쁨은 나누면 배가 되고
슬픔은 나누면 반이 된다는데

이 감정선을
저렇게 바꾸면
여자 주인공이 더
안타까워 보일 듯!!

그 설정은
이렇게 바꾸면
더 쫄깃하지
않을까요?

스터디에서
조언해준 대로
고쳐보니 훨씬
재밌네?

쓸 맛 난다
쓸 맛 나!!

확실한 건 아이디어는 나누면
작품의 퀄리티가 확~ 바뀐다는 사실!!

좋았쓰!!
명작을 써보겠다!!

그리하여 완성작은

예상치 못한 전개라 신선하고

너~무 재밌었어요!

어떡해!! 작가님께서 너무 재밌으셨대!!

재밌다니!! 내 대본이 재밌다니요!!

꺄아~ 내 대본 재밌다악!!

예에

허술한 부분도 있지만 그건 수정하면 되는거고

상투적이지 않아서 너무 좋았어요!

쓰느라 고생했어요~

너무너무 기쁘다.

칭찬을 받은 것도 너무나 기쁘지만 내 이야기를 재밌게 봐주는 사람이 있다는 사실이 벅차게 기뻤다.

나의 첫 드라마 아르바이트

아나 언니는 대기업 홍보팀에서 10년 넘게 일했다.

보통 회사 홍보자료를 쓰거나

타닥 타닥…
타닥 타닥…

블라블라

사보에 들어가는 인터뷰 기사를 쓰고

회장님의 연설문도 많이 썼다고 한다.

우리 회사 최고~

나도 최고~

아…
재미없다.

언니가 회사를 그만두고 드라마 작가가 되기로 결심한 건

아…
지겹다.

내가 지금 뭘 쓰고 있는 거지…

타닥 타닥…

타닥 타닥…

회사를 위해 쓰는 글이나
누군가의 글을 대신 써주는 것이 아니라

온전히 나의 생각이 담긴 내 글을
쓰고 싶었기 때문이라고 했다.

그래도 회사 다닌 거
후회는 없어~

그 경험도 다 글 쓰는데
도움이 될 거라 생각해.

드라마에 재벌 회장님
대사 완전 잘 쓸 수 있음!

예전에 회사 다닐 때 동료한테
아르바이트 제안 하나 받았는데
같이 해볼래?

오!!
뭔데요?

카드회사 사내용
드라마 대본 집필!!

드..
드라마 대본
집필이요?!

20분짜리 드라마

알바로 아나 언니와 카드회사 사내용 20분짜리 드라마 대본을 쓰기로 했다.

70분짜리 단막극만 써봐서 감이 잡히질 않네...

20분짜리면 시트콤 한편 정도로 생각하면 되는건가?

으으음... 장르는 아무래도 코미디가 좋으려나?

주제는 회사 측에서 정해줬다.

열정과 초심을 이야기에 담아달라.

아무래도 사내 드라마다 보니 직원들의 공감을 이끌어내면서도 동기부여가 되는 이야기를 써야 했다.

공감 열정 도전

오랜 회의 끝에 우리가 정한 이야기는 어느 날 투명 인간이 되어버린 영업 3팀 이정열 대리의 자아 찾기 고군분투기!

타닥 타닥   타닥

뭐야?
왜 내 책상이
없어졌지?

다들 왜
나를 못 본 척
하는 거야?

이정열 대리

영업 3팀 직원들은 우여곡절 끝에 초심을 되찾고 이정열 대리를 알아보게 되는데

이제 제가
보이세요?

이정열   열정

다름 아닌 이정열 대리는 그들이 잃어버렸던 '열정'이었다는 스토리다.

비록 회사 직원들만 볼 수 있는 짧은 드라마지만

최선을 다해서 대본을 썼고

타닥 타닥   타닥 타닥

타닥… 타닥 …타닥 타닥…

완 성!!

우리의 첫 드라마가 세상에 나왔다!

얼마 뒤 PD님께서 촬영본을 보내주셨다!

언니!
너무 떨려요!

나두...

비록 알바로 한
사내 드라마지만

두근
두근

우리의 첫번째
드라마다!!

주연배우를 사내 직원분이 연기해주셨는데
약간 어설프지만 열정 가득한 느낌이
오히려 신선하고 재미있었다.

내가 쓴
대사로 연기를!!

짠!

진짜 넘
신기하다!!

너무나 좋았지만 한편으로는...

대사가 기니까
호흡이 이상하구나..

이 씬...
되게 웃길 줄 알았는데
생각과는 다르네?

부족한 부분 역시 느끼는 바가 많았다.

개그는 좀 더 과감하게 치는 게 좋을 것 같다.

이런 씬에선 장소를 바꾸는 게 나을 뻔했어.

너무 재밌고 좋은 경험이었어요! 우리 꼭 드라마 작가가 됩시다!

그래! 다음 번엔 꼭 진짜 드라마를 쓰자!

좋아요! 파이팅!

파이팅!!

언젠가 TV로 내 드라마를 보게 되는 날이 올까?

그땐 더 많은 사람들이 보게 되겠지?

열심히 하자! 부끄럽지 않은 좋은 드라마를 쓸 수 있게!

첫 피드백

일주일 후 PD님께서 친절하시게도 방송을 본 직원들의 시청소감을 보내주셨다.

우와!! 시청소감?! 떨린다!!

재미있게 잘 봤어요. 우리 팀 이름이 나와서 의미도 있었고요.

저도 요즘 열정이 식은 것 같다고 느끼던 참이라 방송 보면서 많이 공감했습니다.

저희 팀 식구들 다 재미있게 몰입해서 봤어요. 진짜 사내방송 답지 않은 퀄리티였습니다!

재밌고 신기합니다! 직원이 출연해서 이 정도 드라마를 만들다니! 앞으로도 이런 드라마 제작되면 좋을 것 같아요!

드라마 속에 나오는 대사 하나하나가 실제 업무 속 모습이라서 더 많이 공감할 수 있었어요. 잘 봤습니다!

2탄은 언제 나오나요? 기대됩니다! 재밌었어요!

우와~~

나는 너무 기쁘고 좋아서 그 피드백을 몇 번이고 읽고 또 읽고 다시 읽어보았다.

봐도 봐도 질리지 않아!!

다시 한번 깨닫는다. 내가 드라마를 쓰고 싶은 이유.

누군가가 내가 쓴 드라마를 보는 잠시의 시간이라도 힘든 거 다 잊고 즐거웠으면 좋겠어!

사람들한테 즐거움을 주고 싶어!

함부로
애틋하게

대본을 쓰다보면 너무 몰입한 나머지 객관성을 잃는 때가 온다.

특히 수정이 반복될수록 재미가 있는 건지 없는 건지, 말이 되는 건지 안되는 건지 더 이상 알 수 없는 지경에 이르게 된다.

내 머릿속에는 모든 정보가 다 있어서 읽는 사람의 이해도를 간과하고 중요한 걸 놓치거나 빼먹을 때도 많다. 그래서 드라마를 쓸 땐 피드백을 해줄 누군가가 꼭 필요하다. 작가에게 보조작가나 기획 PD가, 망생이에게는 합평 동료나 스터디가 꼭 필요한 이유다.

교육원에서는 다양한 합평 스타일을 접한다. 조금의 포장도 없이 직설적으로 비판을 쏟아내는 스타일. 나쁜 말을 못 해서 애써 좋은 점만 골라 말해주는 스타일. 건설적인 비판이 아닌 비난을 퍼붓는 스타일. 그냥 딱 한 문장으로 '재미없다'라고 말하고 끝인 스타일.

가장 좋은 합평은 '함부로 애틋하게' 말해주는 것이다. 대본의 약점이나 실수는 확실하게 짚어주되 상대의 대본에 애정을 가지고 더 나은 제안을 건네주는 것. 다행히 우리 스터디원들은 비판보단 대안을 제시해주고, 아이디어를 나눠주는 스타일의 사람들로만 모였다. 인터넷에서 무작위로 만났건만 어떻게 이렇게 모이게 됐는지 신기하다.

누군가에게 내 작업물을 보여주고 피드백을 받고 싶은 사람들에게 말해주고 싶다. 상대가 내 작품 또는 내게 조금이라도 애정을 가지고 있는지 반드시 체크하라. 애정 없는 합평은 마음의 상처만 될 뿐이다.

공모전은 넘사벽

처음으로 낸 공모전에
똑! 떨어졌다.

최종심 전화
다 돌렸다고
합니다.

오늘따라
스팸 전화도
한 통 안 왔네..

*드라마 공모전은 방송국에서 당선 발표 전 최종심에 든
당선작 후보들에게 미리 연락하는 경우가 많습니다.

똑!

뭐...
처음이니까!
첫술에 배부를
순 없지!

하지만 두 번째도...
세 번째도...

아아...
또 탈락이야

그 뒤로도 계속 떨어졌지만
꿋꿋이 계속 도전했고

똑! 똑! 똑! 똑! 똑!

괜찮아
다른 공모전이
있으니까

꿋꿋이 계속 광탈했다.

똑 똑 똑 똑 똑 똑!

공모
당선의 벽은
넘사벽이구나...

운 좋게 최종심까지 든 적도 있지만

최종심!!
이번엔 왠지
느낌이 좋아!!

마지막에
또 떨어졌다.

하아...
이번엔 될 줄
알았는데...

설레발이나
치지 말걸...

자존감이 바닥을 쳤다.

쏴아아아아아아~

역시 난
안 되나 봐.

포기해야
할까...

그때 전화벨이 울렸다.

드라마 공모전에
XX작품으로 지원하신
000작가님이시죠?

저는 △방송국
드라마국 PD
000라고 합니다.

네?

어_어...
저 그 공모전
탈락한 거 아닌가요?

??

아깝게 당선이 안된
작품 중에 제가 그 작품을
너무 재미있게 봤어요.

만나뵙고
작품 얘기를 좀
나눌 수 있을까요?

며칠 뒤 방송국에 왔다!!

나의 로망
방송국!!

이곳에
들어가볼 수
있다니!!

일단은 기념사진 한 방 찍고!

완전
관광객 모드

드라마국에 입장!

DRAMA

심장이
바운스 바운스
두근대~

전화를 주신 PD님을 만나고

안녕하세요~
전화드린 OOOPD 입니다~

앗! 네! 어! 오!
가, 카, 캄사, 아, 아니
안녕하세요!!

작품 얘기를 하고

당선이 안 되셔서
속상하셨죠...

아니에요~
재밌게 봐주셔서
감사해요!

다행이다!
광탈은
아니었나봐!

커피도 마시고

소재가
독특해서
좋았어요~

캐릭터도
웃기고

예능 굿즈도 선물받고

이거 별 건
아니지만 선물로
드리고 싶어서요~

완전 좋아하는
프로그램이에요!
감사합니다!!

작품 수정방향과 앞으로의
계획에 대해 조언을 얻었다.

감사합니다!
열심히 하겠습니다!

디벨롭하면
더 재밌는 작품이
될 것 같아요!

파이팅!

파이팅!

집으로 돌아가는 길...

한가지 다짐을 했다.

다음엔 꼭
진짜 작가가 되서
이곳에 다시
찾아오자!

아주 멀리
있는 것 같아도

아주 갈 수
없는 곳은
아닌것 같아!

이 죽일 놈의
공모전

　교육원에서 매해 주최하는 강연에 갔다. 그해 강연한 작가님 두 분은 평소 작품성으로 굉장히 인정받는 분들이셨다. 그중 한 작가님께서 불쑥 이야기를 꺼냈다.

　"공모전은 도대체 어떻게 해야 당선될 수 있는 거죠?"

　그렇다. 거기 있던 학생이 한 질문이 아니었다. 무려 십여 년 넘게 주옥같은 명작들을 써낸 유명 작가님이 되려 우리에게 하신 질문이었다. 작가님 역시 망생이 시절 수많은 투고와 탈락을 겪으셨다고 한다. 주변에서 최고라고 해준 대본도, 교육원 선생님이 폭풍 칭찬한 대본도, 심지어 방송국 PD가 인정한 대본도 공모전에만 들어가면 감감무소식이었다는 것이다. 작가님께서 내리신 결론은 하나.

　"공모전은 안 되는 게 당연한 것이다."

　그 순간 수백 명의 교육생이 모두 하하하 웃었다. 아마도 이미 수많은 탈락을 경험해본 망생이로서 위로와 안도를 느꼈기 때문이리라. 덧붙여 공모전에 당선되지 않았어도 자신은 지금 작가로 살고 있다고, 그러니 공모전 탈락을 인생의 실패로 여기지 말라고 말씀해주셨다.

　지금도 수많은 시험 앞에 서 있을 세상 모든 망생이들에게 이 말을 전해주고 싶다. 시험에서 떨어지는 것이, 공모전에 탈락하는 것이 우리 인생의 실패는 아니다. 기회는 다시 돌아오고, 그 밖에도 수많은 다른 길과 기회들이 우리 인생 이곳저곳에서 우리를 기다리고 있기 때문이다.

지금의 내가 되어

어릴때 이런 집에서 산 적도 있었네...?

옛날 사진 보는 중...

IMF로 가세가 기울기 전까지 난 우리 집이 부자인 줄 알았다.

엄마! 나 쥬쥬 이층집 갖고싶어!

그래? 그럼 지금 사러 가자!

엄마는 내가 갖고 싶은 건 무엇이든 사주셨고

친구들에게 새 컴퓨터를 자랑하거나

새 컴퓨터 어때? 인터넷도 돼?

응!! 와서 해볼래?

잘난척

잘난척

부럽다! 진짜 좋겠다!

우리 반에서 제일 먼저 컬러 휴대폰을 가진 걸 우쭐해했다.

헐!! 진짜 컬러네?!

우와!! 혁명이야!!

짜자잔~

내가 번 돈으로 산 물건도 아닌데
그런걸로 우쭐해하다니...

그땐
진짜 철이
없었구나...

너무
부끄럽다!

쥬쥬 이층집도
컴퓨터도 휴대폰도
집도 악기도..

사실은
그게 다
빚이었는데..

내 방이 사라지고...

ㄹㅈㅈ

피아노와 첼로를 팔고...

과외와 학원을 모두 그만두었을때도
심각성을 느끼지 못했던 내가

학원
안 가?

응,
나 이제
안 다녀..

현실을 깨달은 순간은
어이없게도

띠리리리리리리~

여보세요?

요금 미납부로
이용이 중지될
예정이니..

휴대폰 요금이 밀려서
끊긴다는 안내전화를 받았을 때.

아무 말도 못하고 길거리에 멈춰서서
눈물을 뚝뚝 흘렸던 기억이 난다.

아..
내 인생은
이제 끝이구나.

그땐 집이 망했으니 내 인생도
끝이라고 생각했다.

하지만 인생은 길고
내 인생은 끝나지 않았다.

한동안 빚을 갚아야 했고

이상하다..
왜 열심히 버는데
항상 돈이 없지?

모든 것을 제로에서
다시 시작해야 했지만..

뭐야?!
밑 빠진 독이었잖아!!

일단 저기부터
매꿔야겠다!!

힘들지 않았다면 거짓말이다.

언제까지
막고 있어야
하지...

왜 자꾸
터지는 거야...

울기도 참 많이 울었다.

하지만
시간은 가고

열심히 살다 보면
좋은 날들이 반드시
찾아오더라.

어쩌면 이 세상엔
좋기만 한 일도
나쁘기만 한 일도
없는 건가 봐.

만일 내가 힘든 시절을 겪어보지 못했다면

시원한
냉국수나
한사발
먹을까?

○○국수

냉국수

그래서 내가 스스로 노력해 얻지 않은 것들을
자랑하며 우쭐해하는 오만하고 어리석은 아이로
자랐다면...

냉국수 한 그릇
주세요~

맛있겠다!

그때의 내가 없었다면

지금의 내가
될 수 있었을까?

끝맛!

고통과 시련을 통해 얻은 용기와 희망
소소한 일상의 행복과 같은 감정들을
느끼고 알 수 있었을까?

맛있는 음식은
행복 그 자체야!
소확행이 최고임

그렇게 바라보면

감사합니다.

잘 먹었습니다.
계산할게요.

아!!
기분좋은
배부름!

지난날 힘들고 괴로웠던 기억조차
꼭 나쁜 것만은 아닐지도 모른다고
생각하게 된다.

냉국수

그때의 시련이 있었기에
드라마 작가를 꿈꾸는 내가..

제법
선선해졌네..

이제 여름도
끝나가나보다.

소소한 일상에 감사하는 내가,
어디에나 희망은 있다고 믿는 내가
될 수 있었을 테니까

보조작가는 즐거워...?

나는 지금 엄청 유명한 작가님의
엄청 멋있는 작업실에 와 있다!!

우와아
아아아
아아!!

이곳이
프로의
작업실!!

보조작가가 되었기 때문이다.

멋지다!!
드라마 세트장
같아!!

그전에 드라마나 커뮤니티를 통해
보조작가의 일과를 미리 예습했는데...

보조작가는
뭘 하면 되지?

미리 좀
알아가자!

작가님 수발들기
청소하기, 빨래하기,
심부름하기?!

이건 그냥
가사 도우미
아니야?!

진짜라면 실망스러울 것 같았다.

그래서 나름대로 마음의 준비를 하고 갔는데

말도 안되는걸 요구하시면 못한다고 하자!

비장

어서와요~ 반가워요!

앞으로 같이 회의하고 자료조사랑 취재같은 것만 좀 부탁할게요!

넷!

다행히 실망할 일은 없었다.

작가님께선 예쁜 잔에 향이 좋은 따뜻한 차를 타주시고

유명한 레스토랑에 데려가 맛있는 음식도 잔뜩 사주셨다.

맛있는 거 먹고 회의만 하면 된다니!

이거 완전 꿀알바잖아?!

12시간 밤샘회의 후 첫차 타고 집에 감.

난... 누구...

여긴 어디...

soosemi_diary
dreams come true

보조작가의 길

나는 추천을 받아
보조작가가 되었지만

교육원 선생님의 추천

세미라면
잘할 수 있을 거야!
한번 해볼래?!

보조작가 꼭 한번
해보고 싶었어요!
감사합니다 선생님!
부족하지만 최선을
다해보겠습니다!

작가협회 교육원 취업게시판이나
커뮤니티에 올라오는 공고를 보고

로맨틱코미디의
보조작가를 구합니다.

자신의 습작품, 이력서를 제출 후
면접을 통해 보조작가가 될 수 있다.

작가

보조작가

메인작가 님의 스타일에 따라서
작업실에서 상주하며 일을 하기도 하고

타닥 타닥

타닥
타닥

재택근무로만 일을 하게 되기도 한다.

네!!
작가님 오타체크해
대본 메일 보냈습니다.

기획단계부터 보조작가를 고용해 시작부터
함께 드라마를 만들어가는 경우도 있고

편성이 잡힌 후에 들어가거나
온에어 때 긴급 투입되는 경우도 있다.

보조작가는 드라마 엔딩크레딧에
이름이 올라간다.

내 이름이
나오면 얼마나
좋을까!!

제작PD　김제작
라인PD　이라인 송피디
마케팅PD　나마켓
판권비즈니스　최권
제작행정　오제작 엄행정
SCR　구예스 윤씨알
섭외　남섭외

보조작가　수세미

얼마 뒤...
두 명의 보조작가가 추가로 들어왔다.

안녕하세요!

처음
뵙겠습니다!

어서와요~

봉봉언니
망생이 7년 차
교육원 창작반 출신
동글동글 귀여운
외모가 매력!

왕언니
망생이 1n년 차
구성작가 출신
채식주의자
대학생 아들 있음

우리 중 가장 어른인 왕언니는 구성작가 출신에 이미
드라마를 집필해 방송까지 내보내 본 경력자라고 했다.

저 그 드라마
재밌게 봤어요!!

하하...
고마워요~

그냥
언니라고
불러주세요~

작가님이라고
부를게요!!

근데 단독으론
미니 입봉을 못해서
저도 아직 망생이예요~

저 보고 실망한 거 아니죠?
나름대로 방송 데뷔도 했는데
다시 보조작가로 들어와서...

무슨 실망을 해요!
데뷔가 얼마나 힘든데!
완전 멋져요 언니!
많이 배울게요!

하하...
고마워요~
앞으로 잘해봅시다!

왕언니가 겪으신 그간의 고생담(?)을 듣고
참 만만치 않은 세계에 발을 디뎠구나
하는 마음도 들었지만

미니 입봉이란 건
진짜 보통 일이
아닌 거구나

토닥
토닥

엎어진 게
대체 몇 번인지...

언니의 용기 있는 선택이
참 멋있다고 생각했다.

아무나 할 수 있는
결심이 아닌 듯!

크으~
멋져~

나 이제 꽃길 걷는 거야!

보인다!!
언니 앞길의 꽃길이
보여요 보여!!

언니들과 함께할 보조작가 생활이 기대된다.

부족하지만!
열심히 서포트하고
많이 배우자!

보조작가들의 속닥속닥

아! 저는...

이제 막 2년 차밖에 안됐어요~

아직 갈 길이 멀어요~

교육원 전문반 다니고 있어요!

어머! 얼마 안 됐네?

그럼 더 늦기 전에 그냥 행복한 시청자로 다시 돌아가는 건 어때?

네에에??

헐

딱 보니 나는 가망 없어 보인단 말씀이신가?!

왜 갑자기 저런 말씀을 하시지?

ㅋㅋ ㅋㅋㅋ

...라고!! 나 예전 창작반 선생님이 첫 만남 때 말씀하셨었지.

아! 언니!! 진짜 왜 그래요!!

저 진짜 망생이 관두라는 줄 알았잖아요!!

그 얘기 듣고 진짜 관둔 친구들도 있었어ㅋㅋ

아무튼 언니들에게 절대 민폐 안되도록 저 진짜 열심히 할게요!

아이디어 뱅크가 되겠습니다요!

젊은 시선으로 신선한 아이디어 많이 내줘!

회의 시작합니다

드디어 회의가 시작됐고

음~ 이번 드라마는!

오!! 뭘까 뭘까?! 기대된다!!

회의 테이블이 있지만 맨날 소파에서 회의함ㅋㅋ

작가님께선 놀랍도록

지금부터 생각해보려고! 어떤 드라마를 쓸지!

아무것도 정하지 않은 상태셨다.

나라면 걱정이 태산 일 텐데...

이것이 프로의 여유인가!

그래서 함께 기획회의부터 시작했는데

나는 놀랍도록

아무 생각이 안 났다.

멍

청

아이디어 뱅크는 얼어죽을...

우리는 며칠간 머리를 맞대고
소재를 찾는 회의를 했고

그동안
드라마에
안 나온 거!

못 본 거!

새로운 거!

그런 게 어딨어!!

몇 가지 아이디어를 정리해
회의 때 작가님께 보여드렸는데

음…

별론가?
말씀이 없으셔서

아이디어
리스트

화제를
돌리셨어!!

얘들아~
차 마실래?

작가님이 더 좋은 소재를 찾아 놓으셨다.

이런 이야기
어때?

오~옷?!

너무
신박해!

처음 보는
소재다!

우리 아이디어가
너무 부끄러워..

얘들아 나는 계획이 다 있단다.

우왕 꿀잼각!

이렇게
저렇게

요렇게 되는
이야기야!

그럼 이제 소재도
대충 정해졌으니까
맛난 거 먹으러 가자!

네!

소재가 정해지고 기획 방향이 잡힌 후부터는
어떤 이야기를 할지 *로그라인을 잡고

*로그라인 : 이야기의 방향을 설명하는 한 문장. 한 문장으로 요약된 줄거리

인물관계도를 그려가며
인물들을 세팅하는 회의를 했다.

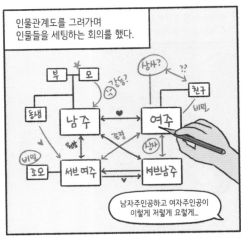

남자주인공하고 여자주인공이
이렇게 저렇게 요렇게...

남주와 여주의 직업을 결정하고

관계를 짜며
이야기를 만들어간다.

이렇게 새로운 드라마의
큰 그림이 그려지는 것이다.

어떤 드라마가
탄생할지 너무나
기대가 된다!

빛나거나
미치거나

보조작가 일을 하며 가장 힘들었던 것은 아이디어를 내는 일이었다.

하나의 좋은 에피소드를 만들기 위해 보조작가는 필요한 몇 배수의 아이디어를 제공해야 한다. 이전까지 드라마 덕후였던 나는 전 세계의 드라마를 섭렵하며 그 누구보다도 많은 드라마와 영화를 봤다고 자신했지만 특정 장르(주로 미스터리나 스릴러)만 선호했기에 큰 도움이 되지 못했다. 내가 보조작가로 참여한 작품은 로맨틱 코미디였기 때문이다.

언제나 새로운 생각이 필요했다. 아이디어를 10개 내면 1번부터 5번까지는 누구나 생각할 수 있는 진부한 것, 6번부터 9번까지는 이미 어디선가 한번 본 것 같은 것들이었다. 그나마 마지막 10번 하나가 신선하고 재미있으면 다행이다. 10개 모두 핀잔을 듣고 새로운 10개를 다시 만들어내야 하는 일이 더 많았다. 그럴 때면 '하늘 아래 새로운 것이 어디 있냐!' 하고 임금님 귀는 당나귀 귀를 (마음속으로만) 외쳐보기도 하지만 정말 희한한 건 생각을 쥐어짜내다 보면 새로운 무언가가 툭! 나오고 만다는 것이었다. 아마도 메인작가 님은 그걸 알고 계셨던 모양이다.

이 아이디어 짜기 과제는 이후 내게 아주 큰 도움이 됐다. 회의를 할 때 벽에 부딪히면 곧바로 다른 대안이 떠올랐다. 말이 안 되는 아이디어더라도 일단 던져놓고 다른 사람들과 의견을 나누다보면 그럴듯한 새로운 아이디어로 발전하기도 했다. 그러니 떠오르지 않는 아이디어에 좌절하지 말자.

생각하고 생각하고 또 생각하다보면 빛나거나 미치거나 둘 중 하나의 좋은 아이디어는 반드시 떠오를 테니까!

'그래서' 대공격

취재

남주와 여주의 직업이 정해져서
디테일을 위해 취재를 하기로 했다.

그건 여러 가지 방법이 있지!

섭외를 해야 할 텐데...

취재는 어떻게 해야 해요?

첫번째!

닥치고 무조건 전화해서 섭외를 부탁해보기

안녕하세요. 저희는 드라마를 준비 중인_

그런 거 안 해요.

안녕하세요. 저희는 드라_

뚝_

바빠요.

거절의 연속_

뚝_

여기까지가 끝인가 보오...

이 경우 거절을 당할 수도 있지만

섭외했어요! 도와주신대요!

와아_ 감사감사!!

흔쾌히 도와주는 분도 분명 계시기에
포기하지 말고 계속 도전해봐야 한다.

두번째!

작가님이나 보조작가들의 인맥을 총동원해보기

어쩌면_ 동생의 친구의 남편의 처형의 삼촌의 조카 중에 그런 사람이 있을지도?

끄응_

내가 잘 아는 교수님이 계시니까 부탁해볼게!

세번째!

제작사에서 섭외를 해주신 후 연결해주기 등이 있다.

네, PD님-

담당PD님께서 섭외해놓으셨대!

인터뷰하고 촬영도 허락해 주셨대!

와-

와- 다행이네요!

취재원 섭외는 완료됐고

이제 전 뭘 하면 될까요?

준비를 해야지!

그건 내가 가르쳐줄게!

취재 전에는 그 직업이나 일에 대해 스터디를 충분히 해야 해.

스터디요?

그 직업세계에 대해 어느 정도 이해를 하고 있어야 깊이 있는 이야기를 나눌 수 있거든.

의미 있는 질문만이 의미 있는 대답을 이끌어 낼 수 있으니까!

인터넷 커뮤니티 등을 통해 기본 정보를 숙지하고

관련 도서를 읽으며 취재할 직업에 대해 미리 공부를 했다.

그리고 취재 당일

저 취재 처음이라 너무 떨려요!!

나도 괜히 긴장되네~

잔뜩 긴장한 채 약속 장소로 찾아갔는데

안녕하세요? 처음 뵙겠습니다!

안녕하세요! 취재에 응해주셔서 감사합니다.

아주 적극적으로 취재에 임해주셨다.

제가 하는 이 일이 언젠가는 드라마에 나올 줄 알았어요!

근데 주인공은 누구예요?

캐스팅은 아직 안 정해졌어요ㅎㅎ

인터뷰 후에는 하시는 일의 과정을 직접 시범으로
보여주셨고 동의를 얻고 촬영으로 기록했다.

확실히 현장에서 일하는 분께 이야기를 들어보니
상상만으로는 알 수 없었던 디테일도 알게 되고

일을 하면서 겪으신 값진 경험담들을 통해
새로운 아이디어도 얻었다.

아, 창작의 고뇌여!

얼추 기획이 마무리되고 작가님이
시놉시스를 쓰시는 동안에는 회의가 없었다.

시놉 쓰고
연락할게~

네~
작가님 힘내세요!

파이팅!!

시놉시스란?

시놉시스(synopsis)는 작품의 간단한 줄거리 및 개요를
의미하는 말로 작가가 전하고자 하는 의도가 무엇인지
어떤 이야기를 하고 싶은지를 정리한 드라마의 뼈대가
되는 작업물이다.

드라마 시놉시스에는
장르, 주제, 기획의도,
등장인물 소개, 줄거리가
포함되어야 합니다!

주제 기획의도 등장인물 줄거리

공모전의 경우
결말까지 모두 담은
16부 회별 줄거리를 포함해
30p 내외로 작업합니다!

가끔씩 자료조사나 에피소드 아이디어가
필요하면 전화로 말씀하셨고

네 작가님!

지난번에
취재원 인터뷰한
녹음파일 워드로
옮겨서 정리해서
좀 보내줄래?

바로 작업해서
보내드릴게요!

작업 후 작가님 메일로 보내거나
작품 카페에 업로드를 하는 식으로
재택근무를 했다.

작가님
카페에 올렸습니다!

어느 날은 언니들과 여의도 근처에서 모여
저녁을 먹고 2차로 밤늦게까지 놀다가

작가님의 작업실 앞을 지나가게 되었는데

어?!
저기 작가님
작업실!

불 켜져있네
일하시나보다~

창문 너머로 머리를 쥐어뜯으시는
작가님의 모습이 보였다.

끼응~~

엄청
괴로워하고
계시잖아!!

작가님의 고뇌가 창 너머로
전달되는 듯했던 밤이었다.

창작에는
고통이 따르지.

역시 드라마를 한 편
완성해내는 건 보통 일이
아닌 것 같아요.

마음 단단히
가져야겠어요!

어쩐지
겁이 나네요~

평가받는 두려움

미대 입시 시절 제일 싫었던 것은 내 그림을 평가받고 주어진 틀대로 그려야만 하는 것이었다.

하...
또 귀엽게 그려놨네.
몇 번을 말해.

난 내 그림이 좋은데
이 그림은 정답이 아니라고 했고
왜 이렇게 그렸냐고 혼났다.

리얼리티 있게
그려야 한다니까?

귀엽게 그리면
안 돼! 안 된다고!

죄송해요...
다시 그릴게요.

난 귀여운
그림이 좋은데...

그런 의미에서 내가 다니던 전 회사는
마음이 좀 편한 면이 있었다.

• 주업무는 수학 문제 작업
• 초등 교과서 문제 작업

네!!
다 됐습니다.
확인 부탁드립니다.

내가 맡은 일은 평가받을 필요가 없는 일이었고
주어진 분량을 마감에 맞춰 실수 없이 하면 끝이었다.

맨 위에 블록 하나만
더 쌓아주세요.

네!
올렸습니다.

수학 문제 교정 중

그래서 회사를 그만두고
글을 쓰겠다고 다짐했을 때
가장 고민했던 지점은 이것이었다.

정말
하고 싶긴
한데...

개복치
유리멘탈러

평가받아야
하는 건 여전히
무섭고 싫어...

하지만
작가가 되면
평가받고 거절당하고
지적받는 게 일상이
되겠지...

내가 잘
견딜수 있을까?

보조작가를 시작하고부터 매일같이
아이디어나 에피소드 숙제가 있고

피드백은
냉정하게!

이걸
아이디어라고...

대학생이 해도
이것보단 낫겠다.

평가를 받는 나날이 이어지고 있다.

이 모든 과정이 나를 성장시킨다는 걸 알면서도
나의 작업물을 평가받는 건 여전히 두려운 일이다.

두려움
실망조절
자책자증
걱정짜증

이럴 땐 회사에서 그렸던 수학 문제처럼
정답이 있었으면 좋겠단 생각이 든다.

두 번의 계절이 지나고

회의를 할 때 가장 즐거운 순간은 가상 캐스팅을 할 때다.

우리 남자 주인공 어떤 배우가 하면 어울릴까요?

누가 좋을까?

멋진 배우가 했음 좋겠다!

상상만 해도 떨린다~

연기 잘하는 톱스타 OOO어때?

그럼 대박이지!

상상만으로도 행복해

근데 그 배우가 쉽게 캐스팅이 될까요?

콰아아~

어이! 행복한 상상할 때 찬물 뿌리기 있냐!!

역할에 어울릴 것 같은 배우들을 떠올리며 상상의 나래를 펼쳐보는 행복한 시간이다.

난 작가가 되면 꼭 그 배우님이랑 작품을 해볼 거야! 내가 쓴 드라마를 그분 연기로 보면 얼마나 좋을까?!

두근

두근

캐스팅 회의를 한 날에는 꼭

어머!
오늘도 참
멋지네!

사진 보다
잠들면 꿈에
나올지도 몰라!

꿈에 그 배우가 등장하는데
꿈에서마저 거절을 당해서

안 해요~

ㄹㄱㄹ

꿈인데 그냥 해준다고 하면 안 되나 하고
말도 안되게 배우를 원망해본 적도 있다.

그래도
꿈에라도 나와줘서
고맙네요..

에필로그

작가님의 작품에 꿈에 나온 그 배우가 캐스팅되었습니다!

신기해!

내 꿈이
예지몽이었다니!
상상했던 대로
주인공에 딱
어울린다!

다시 채워야 할 때

나는 요즘 매일매일 가지고 있는
아이디어와 생각들을 쏟아내고 있다.

작업실에서 혼자 글을 쓸 때는
항상 이것저것 많이 보고, 읽고, 써봤다.

드라마만 하루에
4-5시간 이상 감상

틈틈이 만화책
소설책 읽기

팟캐스트
청취

이것저것
글쓰기

하지만 지금은 그럴 시간이 없다.

쏟아낸 걸 채우질 못하니
내가 가진 것들이 점점 고갈되는
기분이 들기 시작했고

어?
나 왜 아무것도
안 하고 있지...

나 왜
멍 때리고
있지...

어느 순간 더 이상 아무런 생각이
떠오르지 않았다.

...

대박!
진짜 아무 생각이
안 나!!

그동안 내가 채워왔던
영감이나 아이디어들이
바닥난 것이다.

그리고 나는 이런 상황에
심한 스트레스를 느낀다.

머리가 텅텅
비어버렸네?!

나 이제
똥멍청이가
됐나 봐...

회의를 마치고 집으로 돌아가는 길에
많은 생각에 잠겼다.

이제는 비워내기보단
다시금 채워야 할 때가 아닐까?

그런 고민을 할 때 운명처럼 교육원
창작반에 합격했다는 메일이 왔다.

내가 창작반에
합격했어!!

합격이야!!

살짝 열린 문

8개월간의 보조작가 생활을 끝냈다.

그동안 많이 배웠습니다.
정말 감사했습니다!

그래!
창작반에서도
잘할 수 있을거야!

파이팅! 힝내!

여의도에는 눈이 내리고 있었고

길다면 길고
짧다면 짧은
시간이었지.

많이 배웠고
즐거웠어.

연말 분위기로 반짝반짝 빛나고 있었다.

그 사이에
계절이 두 번이나
지났네...

앞으로는
내 글에 집중해서
더 열심히 써보자!

몰랐던 세계의 문을 열어본 기분이다.

문 뒤의 세계는 치열하고 힘든 곳이었지만
그만큼 새롭고 신기하고 재밌는 곳이었다.

그리고 1년 후...
작가님의 드라마가 방송되었다.

드디어!
작가님의
새 드라마!!

어!
저거 내가 낸
아이디어였는데!
신기하다

와..
진짜 재밌다

언젠가는 내가 쓴 드라마도
볼 수 있는 날이 올 수 있을까?

그날을 꿈꿔본다.

우리 딸이 쓴
드라마는 언제
볼 수 있을까~

ㅋㅋ
언젠가?

그 언젠가가
언젠데~

언젠가는
언젠가~

별은
내 가슴에

보조작가 일은 회사 생활과 완전히 달랐다.

어느 정도 차이는 있으리라 생각했지만 회사에 다니듯 하면 될 거란 생각은 정말 큰 착오였다. 먼저 보조작가 일은 나인 투 파이브의 주5일 근무제가 아니다. 대기하고 있다가 메인작가 님의 연락이 있으면 출근해 회의를 하는 식이다. 작가님은 보통 일주일에 한두 번만 연락하셨고, 가끔은 일주일 내내 부르지 않는 때도 있었다. 이렇게만 보면 완전 꿀보직 같지만 꼭 그런 것도 아니다.

연락을 받고 작업실에 가면 점심을 먹고 두 시쯤 회의를 시작해 다음 날 아침 첫차가 운행할 때쯤 끝이 난다. 거기에 회의 때 나온 이야기와 새로운 아이디어를 얹어 그날 오후까지 제출해야 한다. 장장 16시간 이상의 마라톤 회의를 하고 과제 제출까지 하면 하루가 꼬박 넘어가는 것이다. 이것도 온에어 전의 일이다.

온에어가 되면 이런 회의가 매일 이어진다. 규칙적인 생활과 자신만의 루틴, 잠은 포기해야 한다. 물론 드라마 전반을 책임져야 하는 메인작가는 보조작가보다 더욱더 고될 터다.

몸과 마음은 고될지언정 보조작가 일을 하며 다양한 경험을 쌓을 수 있었다. 내가 보조작가로 참여했던 작품의 작가님은 항상 새로운 시선을 가지라고 당부하셨고, 그건 지금까지도 드라마를 쓸 때 가장 중요시 생각하는 신념이 됐다. 취재 방법과 아이디어를 도출해내는 과정에 대해 배웠고, 무엇보다 아주 조금이나마 드라마가 만들어지는 현장을 직접적으로 느껴본 것이 가장 큰 수확이다.

　주변에 많은 망생이의 보조작가 경험담을 들어왔다. 사실 절반 이상은 보조작가 경험이 불쾌했다고 말하는 사람들이었다. 가사 도우미 역할을 하기도 하고, 분노조절장애에 걸린 작가의 욕받이였다는 후기도 읽었다. 온에어 때 교통사고를 당했다가 작가에게 뺨을 맞았다는 말도 안 되는 소문을 들은 적도 있다. 하지만 사람이 있는 곳엔 언제나 케이스 바이 케이스의 상황이 따르기 마련이다.

　메인작가 곁에서 어떻게 드라마가 만들어지는지 그 과정을 겪어보는 건 돈으로도 살 수 없고, 책에서도 볼 수 없다. 직접 경험해봐야만 알 수 있는 것이다. 보조작가를 해야 할지 말아야 할지 고민의 기로에 서 있는 사람들에게 얘기해주고 싶다. 고민은 끝내고 직접 부딪혀보라고. 가고 싶어 하는 그 세계를 미리 경험해보는 셈 쳐도 좋다.

　부당하고 불쾌한 자리라면 거절하고 나오면 되고, 경험을 쌓을 수 있는 자리라면 열심히 버티고 노력해서 분명 빛나는 무언가를 얻게 될 수 있을 것이다. 내가 그랬던 것처럼.

교육원 창작반

창작반은 교육원의 최상위 클래스로

나의 목표!
나의 로망!
창작반!!

각 전문반의 상위 3등 안에 들어야
합격 가능성이 있고

서바이벌
이네...

2등 1등 3등

그중에서도 심사작을 통해 총 10명 내외의
소수만 합격할 수 있다.

교육원
동기

내가 아는 언니는
전문반만 다섯 번 재수하다가
창작반 결국 포기했대.

헉!
장난 아니다!

들어가기 어렵다는데
진짜 너무 잘 됐다

난 운이 좋았나 봐..
마지막 수업이니 후회 없이
열심히 하려고!

파이팅!!
잘할 수 있을 거야!

게다가 창작반은 교육원에서
전액 장학금을 지원해 주기에 무료다.

이번 달 빠듯했는데
부담이 줄었네.

맞아!
교육원비도 은근히
부담스럽지.

창작반은 드라마계에 한 획을 그으신
작가선생님들이 맡으시는 경우가 많은데

창작반 선생님은
누구실까?

너무
궁금하다!

이번 역시 전설의 작가님이 등장하셨다.

안녕~
반가워요♡
한 학기 동안 좋은 시간
만들어가보자~

진짜다!!
진짜가
나타나셨다!!

내가 너희를 드라마의 세계로 인도하겠노라~

시청률
60%.

레전드
작가님

명작

교육원 마지막 이야기

창작반은 인원수가 적은 만큼 한 달에 한 번씩 합평 순서가 돌아오기 때문에

으악!
바쁘다!
바빠!

정말 미친 듯이 영혼을 갈아 넣어 계속 작품을 써야 했다.

와아아아아아 아아악!!

총 21주의 과정 동안 한 사람당 네 개의 단막 대본을 완성해야 하기에

하얗게 불태웠는데 또 써야해!

쉴 틈 없이 생각하고 어떤 이야기를 어떻게 쓸지를 고민해야 했다.

뭐 쓰지...

뭐 쓰지...

뭐 쓰지...

뭐 쓰지...

망생이 2년 차

교육원에서는 창작반을 졸업할 때
'TV 드라마 작품선'이라는 졸업작품집을 내주는데

책을 방송국과 제작사에 돌려주기 때문에
허투루 생각할 순 없다.

내 작품이 책에 실린다.

교육원에서 쓰는
마지막 작품이다.

그날의 기억

창작반 선생님께 갑작스런 메시지가 도착했다.

♡ 선생님 ♡

'세미야...부산 안 갈래?'

오잉? 선생님..
갑자기 부산이요?

부산 가본 적 있니?

없어요ㅋㅋ

잘됐다.
가서 놀다 오자.

카톡!

정신을 차렸을 때 이미 부산행 KTX안이었다.

어머님께서 아침부터
김밥도 다 싸주시고
잘 먹었다 꼭 전해드려라~

네
맛있게 드세요~

갑분부산

선생님과 나의 나이는
35년 이상 차이가 나는데

오, 드디어 부산!!
KTX타니 금방 오네요!

신기하게도 세대 차이가 느껴지지 않았다.

가끔은 나보다 더 트렌드에 밝으셔서
깜짝 놀랄 정도다.

너는 유튜브에
브이로그같은 거
안 올리니?

난 요즘
그걸로 젊은 애들 일상
보는 낙이 쏠쏠해~

우와!
선생님 브이로그도
보세요?

선생님과 부산 바다를 보고

맛집을 찾아가 맛있는 걸 먹고

밤에는 호텔에서 자갈치시장에서 산
멸치 머리를 땄다ㅋㅋ

이 멸치들
신선한 것 좀
봐라~

ㅋㅋ
멸치볶음 하면
진짜 맛있을 것
같아요!

전설적인 작가 선생님과 함께 멸치 머리를
따고 있는 이 시간을 오래도록 추억할 것 같다.

다음엔 같이
여수에 가볼래??
거기 엄청 맛있는
간장게장 집이
있거든!

여수 밤바다도
보고 오자!

간장게장
완전 좋아해요!
여수도 꼭 같이 가요~
쌤♡

괜찮아 망생이야

졸업하는 날

2년 전 교육원을 다니기로 결심하고 면접을 봤던 때가 생각난다.

그때는 모든 게 새롭고 낯설어서 두렵기도 했고, 걱정이 앞서기도 했었다.

하지만 좋은 동료들과 멋진 선생님들을 만나고

서툴지만 하나둘 내 작품을 완성해가면서

타닥 타닥
타닥 타닥

240

기초반에서 연수반으로, 그 다음엔 전문반, 마지막 창작반까지 왔다.

몇몇 작품은 제작사를 통해 좋은 피드백도 받았다.

2년이 정말 금방 갔네

그동안 습작을 하면서 대본 쓰는 재미를 알게 됐어

2년 동안 10개의 단막극을 썼고

기회는 준비된 자에게 온다고 했지

총알(작품)을 많이 많이 만들어두자

교육원에서 쓴 마지막 작품은 졸업작품집에 실려 책으로 나왔다.

언젠가 내 드라마를 TV를 통해 볼 수 있는 날도 오기를..!

좌절의 순간

부끄러웠던 기억

작은 기쁨과

충만한 행복.

교육원에서 드라마에 대해 배우며
인간과 인생에 대해 더 많이 생각하게 되었고

무엇보다 '나'에 대해 생각할 수 있게 되면서
내 마음속의 여러 가지 감정들을 직시할 수 있었다.

인생
사람
사랑
정의

어쩌면 드라마를 쓰는 법을 배우는 건
나를 알아가는 과정이었던 것 같다.

나는 오늘 교육원을 졸업했다.

금산

오늘도
나는 드라마를 쓴다

#. 마지막 회까지 봐야 해

예전부터 드라마를 볼 때
꼭 마지막 회를 보지 않는 버릇이 있었다.

너 그 드라마 되게
재밌게 본다더니

오늘 마지막 횐데
보러 안 가도 돼?

나중에
재방송으로
보나?

나 원래
드라마 마지막 회
안 봐~

왜?

흠…안 봐도 어떻게
될지 뻔히 보인달까?

하지만 막상 보면 예상과 다를 때도 있고

오잉?
진짜로?!

당연히
둘이 결혼할 줄
알았는데

각자의 길을
응원하면서 이대로
끝이라고?!

기가 막힌 반전이
기다리고 있을 때도 있었다.

헐?!

뭐어?!
다 죽고 끝난다고?

무엇보다 내가 드라마 작가를
꿈꾸며 대본을 써보니

모든 회차가
소중해!

대본 쓰는 거
너무 어려워!!

이제부터
마지막 회차까지
열심히 볼 거야!

어쩌면 인생도 그럴지 모른다.

이대로 계속
회사를 다니다가
승진을 하고

어떻게 될지 뻔한 것처럼 느껴지지만

결혼을 하고
아이를 낳고 그렇게
살아가는 거겠지?

인생 어딘가에서 예상과 다른 행복이,
기가 막힌 반전의 무언가가

나를 기다리고 있을지도
모르는 것이다.

#. 삶이 드라마

나는 사실 글을 잘 쓰지 못한다.

내가 글 쓰는데 타고난 재능이 있다거나 남다른 기술이 있다고 생각하지 않는다.

아 나 글 쓰는 사람 맞나?

문장이 이게 뭐야... 정말...

그래서 내가 드라마를 쓰는 것인지도 모르겠다.

드라마는 뭔가 달라!

타닥 타닥 타닥 타닥

드라마에는 멋진 문장을 한껏 꾸며낼 필요가 없다.

그저 우리의 삶을 담으면 된다.

음... 여기 대사는...

예를 들어 오늘 아침 엄마의 잔소리.

잔소리 잔소리 잔소리

이거 대사에 써야겠다!

친구들과 만나 맥주를 마시며 하게 되는
직장인들의 고민이나 닭살 돋는 애인 자랑.

월급날은 안 오는데_

죽음과 세금은 피할 수 없다고 했다.

월세 내는 날은 어찌나 빨리 오는지.

어디서 타는 냄새 나지 않아?

내 마음이 불타고 있잖아.

목욕탕 사우나에서 들리는
어머님들의 시댁, 친정 이야기.

담 주에 김장할라고.
한 오십포기만 할까봐.

아들네랑??

요즘 애들 바쁜디 뭘~

존버는 승리한다!
.는 게 학계의 정설!

ㅋㅋ
인싸다 핵인싸!

버스 안에서 수다 떠는
중고등학생 친구들의 요즘 말투.

갈등과 화해, 용서와 사랑,
어제와 같거나 다른 오늘..

그리고 내일 겪게 될
사람들의 이야기를 쓴다.

사람과 삶, 지금 우리의 인생이

곧 드라마니까.

#. 망생일기를 그리며

기다림이 계속되자
텅 빈 시간 속을 채울 무언가가 절실히 필요해졌다.

이대로는
안 돼!

뭐라도 당장
하지 않으면
포기해버릴 것만
같아...

그때 생각했다.
처음 망생이가 되었을 때부터 지금까지의
나를 돌아보는 시간을 가져보는 건 어떨까?

그래!
회사를 그만두고
꿈을 좇아 여기까지
온 이야기를
해보자!

지금 내가
당장 할 수 있는
방법으로!

내가 겪은 경험담과
시행착오를 나누고 싶었다.

혹시 누군가에게 작은 도움이라도
될 수 있다면 더 바랄 게 없을 것 같았다.

그렇게 망생일기를 떠올렸다.

너무 떨린다!
SNS에 올려도 되나?
반응이 없으면 어쩌지?!
아냐! 그래도 괜찮아.
일단 올려보자!

드라마 작가를
꿈꾸는 지망생의
이야기니까 제목은
망생일기
로 하자!

나의 이야기를 솔직히 공개하는 것이
두렵기도 했지만 그만큼 설레기도 했다.

그리고 생각지도 못하게 너무나 많은 분들께서
다정한 위로와 애정 어린 응원을 보내주셨다.

나와 같이 꿈을 향해 달리고 있는 망생이들을
응원하고 싶었는데 오히려 내가 더 큰 응원을 받았다.

파이팅!! 응원합니다!!

작가님 드라마 나오면
꼭 본방사수 할게요♡

다 잘 될 거예요 :)
꼭 꿈을 이루실 거예요!

언젠가 사람들의 마음에 오래 남을
좋은 드라마로 이 응원에 보답하고 싶다.

타닥   타닥

타닥   타닥

그래서 오늘도 나는

드라마를 쓴다.

드림스 컴 트루!
꿈은 이루어질 것이다.

별을
쏘다

안녕하세요. 《망생일기》를 그리고 있는 수세미입니다.

회사를 그만두고 드라마 작가 지망생의 길을 걷게 된 지 벌써 5년이 지났습니다. 후훗, 언제 시간이 이렇게 흘렀을까요.

제가 처음 망생이의 길에 접어들었을 때 큰 도움을 준 친구들이 있습니다. 정말 아무것도 몰랐던 저에게 교육원을 추천해주고 하나부터 열까지 차근히 가르쳐준 스터디 친구들이 그들입니다. 이 지면을 빌어 우리 스터디원 모두에게 감사의 말을 전하고 싶습니다.

누군가 어디서부터 어떻게 시작해야 좋을지 몰라 망설이고 있다면 제게 스터디 친구들이 있었듯 이 책, 《망생일기》가 작은 도움이라도 되었으면 좋겠습니다.

사실 저는 교육원 창작반을 졸업하고 운 좋게 곧바로 한 제작사와 계약해 첫 드라마를 집필했습니다. 16부작 미니 시리즈를 6개월 동안 밤낮없이 써내 대본 전체를 탈고했지만 실제 드라마로 만들어지기까지는 많은 시간이 걸렸습니다. 지금은 또 다른 제작사와 함께 두 번째 작품을 준비 중입니다. 어느 유명 작가님께서 이런 말씀을 하셨다고 합니다. "나의 꿈은 다음 드라마를 쓰는 것이다." 드라마 작가의 세계는 앞이 보장되지 않은 불안한 길을 걷는 것 같습니다. 편성이나 방송은 정말 마지막의 마지막까지 어떻게 될지 모르거든요. 그래도 저는 앞으로도 계속해서 대본을 써나갈 겁니다. 지금 제가 준비 중인 드라마가 언젠가 여러분들의 안방에 무사히 착륙할 수 있기를 꿈꿔봅니다. 그때는 함께 보며 웃고 울어주시기를!

그간 쉽지 않은 일도 많았고, 앞으로는 더 어려운 길이 예상됩니다. 그렇지만 그것이 비단 꿈을 향한 도전뿐만은 아니겠죠. 우리 인생도 이와 마찬가지니까요. 힘들고 어렵다고 인생을 포기할 순 없습니다. 그러니 좌절하기보단 희망을 가지고 씩씩하고 굳세게 나아가려 합니다. 그 길에 함께해주시고 응원해주신 여러분이 계셔 든든하고 감사합니다.

모두 행복해집시다.
힘차게 저 하늘 위에 있는 별을 향해 달려갑시다.
그곳에서 찬란하게 빛나는
내일을 만나시기를 뜨겁게 응원합니다.

드라마 작가 지망생의 드림스 컴 트루

망생일기

초판 1쇄 2020년 5월 21일

지은이   수세미

펴낸곳   더모던
전화   02-3141-4421
팩스   02-3141-4428
등록   2012년 3월 16일(제313-2012-81호)
주소   서울시 마포구 성미산로32길 12, 2층 (우 03983)
전자우편 sanhonjinju@naver.com
카페   cafe.naver.com/mirbookcompany

ISBN 979-11-6445-242-2   03810